OLD GRANNY FOX

狐狸奶奶

[美] 桑顿·W.伯吉斯 著　　王清 译

中国画报出版社·北京

图书在版编目（CIP）数据

狐狸奶奶 /（美）伯吉斯著；王清译. -- 北京：中国画报出版社, 2018.4
　ISBN 978-7-5146-1499-2

　Ⅰ. ①狐… Ⅱ. ①伯… ②王… Ⅲ. ①童话—美国—现代 Ⅳ. ①I712.88

中国版本图书馆CIP数据核字(2017)第321210号

狐狸奶奶

[美] 桑顿·W.伯吉斯 著　　　王清 译

出 版 人：于九涛
责任编辑：赵　菁
版式设计：詹方圆
责任印制：焦　洋

出版发行：中国画报出版社
地　　址：中国北京市海淀区车公庄西路33号　邮编：100048
发 行 部：010-68469781　010-68414683（传真）
总编室兼传真：010-88417359　版权部：010-88417359

开　　本：32开（787mm×1092mm）
印　　张：6.75
字　　数：78千字
版　　次：2018年4月第1版　2018年4月第1次印刷
印　　刷：三河市文通印刷包装有限公司
书　　号：ISBN 978-7-5146-1499-2
定　　价：25.00元

出版说明

为了使读者朋友们全面了解这套动物小说,特作如下说明。

关于作者:桑顿·W.伯吉斯(1874—1965)是美国国宝级儿童文学大师,世界三大动物小说大师之一。另外两位动物小说大师是欧内斯特·汤普森·西顿和亚瑟·贝雷。

桑顿·W.伯吉斯的动物小说主打"温情",欧内斯特·汤普森·西顿的动物小说主打"悲情",亚瑟·贝雷的动物小说主打"恩情"。三种动物小说风格各异,蔚为大观,共同构成了20世纪前半叶世界动物小说的美丽画卷,促成了20世纪50年代后动物小说流派的开枝散叶和开花结果。动物小说创作的兴起和发展,赖此三子;动物小说的受欢迎和热销,亦赖此三子!

1874年2月14日,桑顿·W.伯吉斯生于马萨诸塞州的桑威奇。同年,他的父亲病逝。从此,他与母亲相依为命,母子二人生活清苦。童年时,他就放牛、摘野草莓、收野浆果、从池塘里运水莲、卖糖果、抓麝鼠……

桑顿·W.伯吉斯的第一位雇主是威廉·C.奇普曼。威廉·C.奇普曼的居住地遍布森林和沼泽,是野生动物生活的天堂。优美的环境深深地印在小伯吉斯的脑海里,后来激发了他无限的创作灵感。他的作品中的许多地点,譬如哈哈溪、微笑池塘、格林森林、格林牧场、蔷薇丛等,莫不与其童年的经历有关。

1891年,桑顿·W.伯吉斯毕业于桑威奇高中。1892年到1893年,他在波士顿一所商科学校短暂学习过一段时间。不过,他对商科不感兴趣,一心想成为作家。最后,他选择了菲尔普斯出版公司(Phelps Publishing Company),担任编辑助理。

1905年,桑顿·W.伯吉斯与妮娜·奥斯本喜结连理。遗憾的是,一年后,妮娜·奥斯本去世了,留下一子。据说,桑顿·W.伯吉斯之所以创作动物小说,是因为他想通过给儿子讲故事,陪儿子长大。1911年,桑顿·W.伯吉斯再婚。他的妻子叫范妮。范妮结过一次婚,嫁给桑顿·W.伯吉斯时已经是两个孩子的母亲了。1925年,夫妇二人在马萨诸塞州的汉普登买了一所房子。桑顿·W.伯吉斯在这里一住就是三十二年,直到1957年。其间,他常回桑威奇。他经常说,桑威奇是他的精神家园。桑威奇的经历,桑威奇的熟人,都强化了他的创作志趣,促进了他的文学风格的形成。五十年来,他笔耕不辍,著作等身,其中出版的动物小说就达一百七十种,为日报专栏写的动物小说故事就更多了,超过了一万五千篇。1960年,桑顿·W.伯吉斯最后一本书《业余自然主义者自传》(*Autobiography of an Amateur Naturalist*)面世,讲述了他从懵懂顽童走向文学生涯巅峰的故事。1965年6月5日,桑顿·W.伯吉斯病逝,享寿九十一岁。

关于作品:本次出版桑顿·W.伯吉斯的作品共十二册,分别是《快乐的松鼠杰克》、《兔子彼得夫人》、《狐狸奶奶》、《猎犬鲍泽》、《大熊巴斯特的双胞胎》、《麝鼠杰里在微笑池塘》、《乌鸦布雷奇》、《水貂比利》、《小水獭乔》、《森林鼠怀特富特》、《长腿苍鹭》和《鹿莱特富特》。每本书都以一个小动物为主题，讲述了跌宕起伏的冒险故事，演绎了"温情"这个主旋律。无论主角还是配角，都向往"公平"和"友好"。大自然母亲，西风妈妈和她的孩子们——快乐的小微风，太阳公公，月亮婆婆，北风哥哥和冰霜杰克等配角莫不如此，更不用说快乐的松鼠杰克等主角了。此外，伯吉斯将"环保理念"融入了小说。随着伯吉斯动物小说影响的不断扩大，"环保理念"进入千家万户，积极地推动了20世纪50年代后环保主义、自然保护主义和可持续发展主义的兴起。

关于版本：本书依据纽约格罗塞&邓拉普（GROSSET & DUNLAP）出版公司的版本翻译而成。

关于丛书的影响：（一）多语种出版，全欧美畅销。桑顿·W.伯吉斯生前及去世后，其作品被翻译成德语、法语、意大利语、西班牙语、瑞典语、盖尔语等十多个语种，据说，总销量已经超过一亿册。（二）桑顿·W.伯吉斯的作品中的主角"兔子彼得"（由哈里森·卡迪创作）与比阿特丽克斯·波特创作的"彼得兔"一争高下。桑顿·W.伯吉斯说："比阿特丽克斯·波特创作的'彼得兔'形象名扬全世界，而我和哈里森·卡迪创作的'兔子彼得'同样深入人心。"（三）自然广播联盟近五十年大力推荐，美国三十个州数千万人受益匪浅。从1912年开始，桑顿·W.伯吉斯通过自然广播联盟播出他的动物小说，美国三十个州数千万人收听，深受父母和老师们好评。（四）推进动物小说在美国的普及，桑顿·W.伯吉斯荣膺"世界三大动物小说大师之一"的美誉。五十年辛苦不寻常，他的"温情"动物小说与世界另外两位动物小说大师西顿和贝雷的作品分庭抗礼，不分伯仲。（五）促进了环保理念在美国上下的普及。《迁徙性野生动物保护法》诞生，桑顿·W. 伯吉斯功不可没。以保护土壤为目标的"格林森林俱乐部"（The Green Meadow Club）和以保护野生动物为目标的"睡前故事俱乐部"（The Bedtime Stories Club）的成立，离不开桑顿·W. 伯吉斯的努力。（六）荣获波士顿科学博物馆（Museum of Science, Boston）金奖和永久性野生动物保护（Permanent Wildlife Protection Fund）特殊贡献奖两项大奖。

关于译者： 本书译者为西安科技大学李黎老师与王立言老师、兰州交通大学的王宝老师与赵娟丽老师、陇东学院的韩晓老师以及资深翻译王清老师。其中，李黎老师翻译了《快乐的松鼠杰克》《兔子彼得夫人》，赵娟丽老师翻译了《水貂比利》《麝鼠杰里在微笑池塘》《长腿苍鹭》，王宝老师翻译了《乌鸦布雷奇》《大熊巴斯特的双胞胎》《森林鼠怀特富特》《鹿莱特富特》，王立言老师翻译了《猎犬鲍泽》，韩晓老师翻译了《小水獭乔》，王清老师翻译了《狐狸奶奶》……各位老师治学严谨，译笔优美，为确保本书的质量奉献良多。在此，深表敬意。

尽管出版前我们做了许多工作，然而不足之处实难避免，欢迎读者朋友们批评指正。

目 录

第一章 狐狸奶奶要去捕野鸭……002

第二章 狐狸奶奶老糊涂了吗?……010

第三章 狐狸奶奶神志不清了吗?……016

第四章 野鸭一步步走向"灾难"……022

第五章 狐狸雷迪不敢回家……030

第六章 狐狸奶奶被抓住了尾巴……036

第七章 狐狸奶奶做了个噩梦……042

第八章 农夫布朗的儿子做了什么……048

第九章 狐狸雷迪听说了狐狸奶奶的事……056

第十章 狐狸雷迪十分无礼……064

第十一章 暴风雪过后……072

第十二章 狐狸奶奶和狐狸雷迪没有猎到食物……080

第十三章 狐狸奶奶承认自己越来越老了……088

第十四章 三个既无用又愚蠢的愿望……096

第十五章 狐狸雷迪展开了激烈的思想斗争……102

第十六章 狐狸雷迪发自内心的高兴……110

第十七章 狐狸奶奶承诺让狐狸雷迪吃到猎犬鲍泽的晚餐……116

第十八章 为什么猎犬鲍泽没有吃到自己的晚餐……124

第十九章 老郊狼有一个小想法……132

第二十章 被偷了两次的晚餐……140

第二十一章 狐狸奶奶和狐狸雷迪的谈话……148

第二十二章 狐狸奶奶计划捉到一只肥美的母鸡……154

第二十三章 农夫布朗的儿子忘记关大门……162

第二十四章 深夜拜访……168

第二十五章 两个人的晚餐……176

第二十六章 农夫布朗的儿子设了一个陷阱……184

第二十七章 豪猪普利克里晒太阳……190

第二十八章 豪猪普利克里很开心……196

第二十九章 老牧场的新家……202

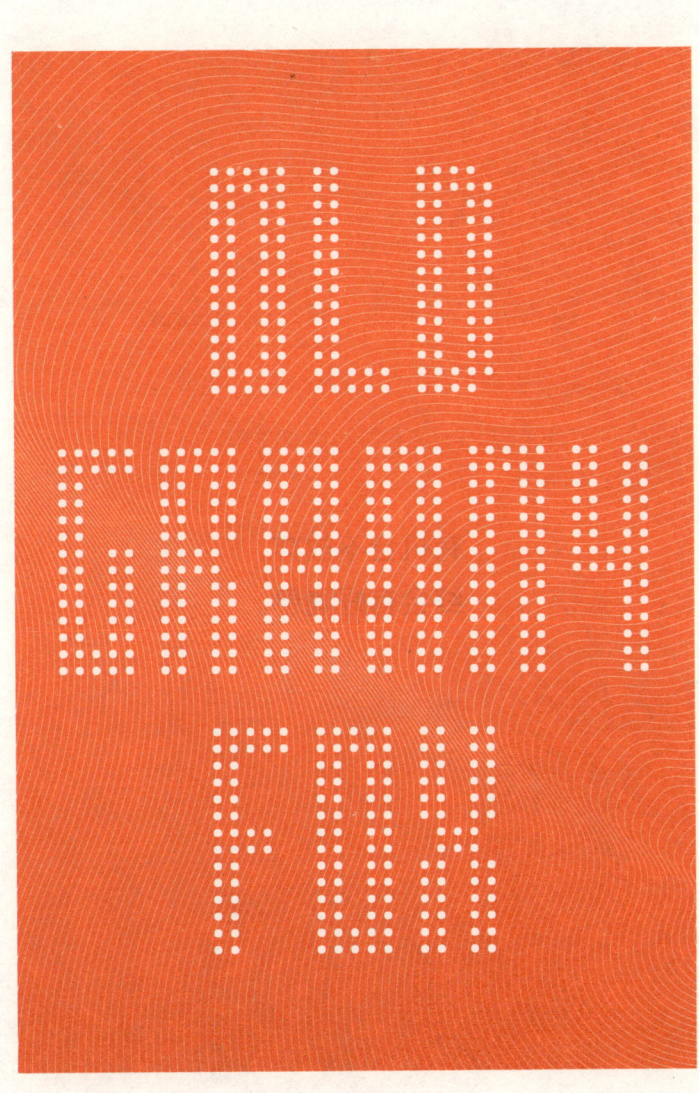

第一章
狐狸奶奶要去捕野鸭

有机会不放弃,
终会有好消息。

冬天到了,格林牧场和格林森林变成了银装素裹的世界,微笑池塘和哈哈溪也都结了冰。在冬天的大部分时间里,狐狸奶奶和狐狸雷迪都在忍饥挨饿,因为在这样的季节中,他们很难找到充足的食物。每天一觉醒来,他们便开始捕猎,不敢浪费一分一秒。有时,他们会一起行动,但大多时候,狐狸奶奶还是会和狐狸雷迪分头行动,因为这样可以增加找到食物的机会。如果一个人找到的食物足够两个人吃,并且能把食物带回家的话,那么他就把食物带回家;如果不能带回去的话,就先把食物藏起来,然后叫另一个人赶快过来。

之前的几天，狐狸奶奶和狐狸雷迪只找到了少得可怜的食物，他们现在只能忍饥挨饿。在接下来的两个晚上，他们连续"光顾"了农夫布朗的鸡舍，希望可以钻进鸡舍。然而，一到晚上，母鸡就回到安全的鸡舍里，农夫布朗的儿子总会在太阳落山前把鸡舍锁起来，因此他们绞尽了脑汁，依然没有想出进鸡舍的办法。

当他们第二次尝试失败，准备动身回家时，狐狸奶奶说："瞎子点灯——白费蜡。想在晚上捉到一只母鸡简直是痴人说梦。如果我们真的想捉到母鸡的话，就必须在白天行动。为什么呢？我之前曾经这样做过，并且大获成功。但不到万不得已，我并不想这样做，因为我们很可能被人类发现，然后，他们便会让猎犬鲍泽来追赶我们。"

狐狸雷迪叫道："切！那又怎样？反正骗猎犬鲍泽易如反掌。"

狐狸奶奶厉声说："你真是这么想的吗？到目前为止，我所见过的年轻狐狸都非常自负，看来你和他们没什么不同。等你活到我这把年纪，你就知道了，做狐狸千万不要盲目自信。我承认，如果白雪没有覆盖大地，任何一只正常的狐狸都能骗过猎犬鲍泽，但在白雪遍地的情况下可就另当别论了。这些天，一旦猎犬鲍泽追踪到你的足迹，你只有比我想象得更聪明才能骗过他。现在，你所能想到的、摆脱他的唯一办法就是钻回家里。一旦你这样做了，人类便会发现我们居住的地方，这样一来，我们的家宅将永无宁日。因为我们不知道农夫布朗的儿子何时会心血来潮，用烟把我们熏出来。我见过这种场景，因此，我们不能在白天去捉母鸡，除非我们快要饿死了。"

狐狸雷迪抱怨道："可是我觉得我现在就快要饿死了。"

狐狸奶奶吼道："没有的事！之前的很多次，我挨饿的时间比这还要长。你最近去过大河那边吗？"

狐狸雷迪回答道："没有！去那里干什么？那里已经冰封三尺了，什么都没有。"

狐狸奶奶说："也许吧，但很久之前，我就明白了一个道理，那就是不要放弃任何机会。大河有个地方永远不会结冰，那里水流湍急，我曾不止一次地找到被冲到岸上的食物。现在，你去那里看看吧。我去格林森林里看看能否找到一些东西填饱肚子。如果我们什么都没找到的话，明天还有足够的时间来考虑农夫布朗家的母鸡。"

狐狸雷迪不情愿地服从了狐狸奶奶的命令。他一边向大河跑去，一边咕哝："一点儿用都没有，那里什么东西都没有，纯粹是在浪费时间。"

傍晚，狐狸雷迪急匆匆地回来了。一看到他那竖起的耳朵和翘起的尾巴，狐狸奶奶就知道他带来了一些"新闻"。于是，她问道："喂，说吧，是什么呀？"

狐狸雷迪回答道："在大河那里，我找到了一条被冲到岸边的死鱼，因为不够两个人吃，所以我一个人把它吃完了。"

狐狸奶奶继续问："还有其他东西吗？"

狐狸雷迪慢吞吞地回答道："没……没有了。更确切地说，是没有我们可吃的东西了。我看到一只野鸭在开阔的水面上游来游去。我在那里看了好久，他一次都没有靠近岸边。"

狐狸奶奶大叫道："嘿！这是好消息，明天我们可以去捉野鸭了。"

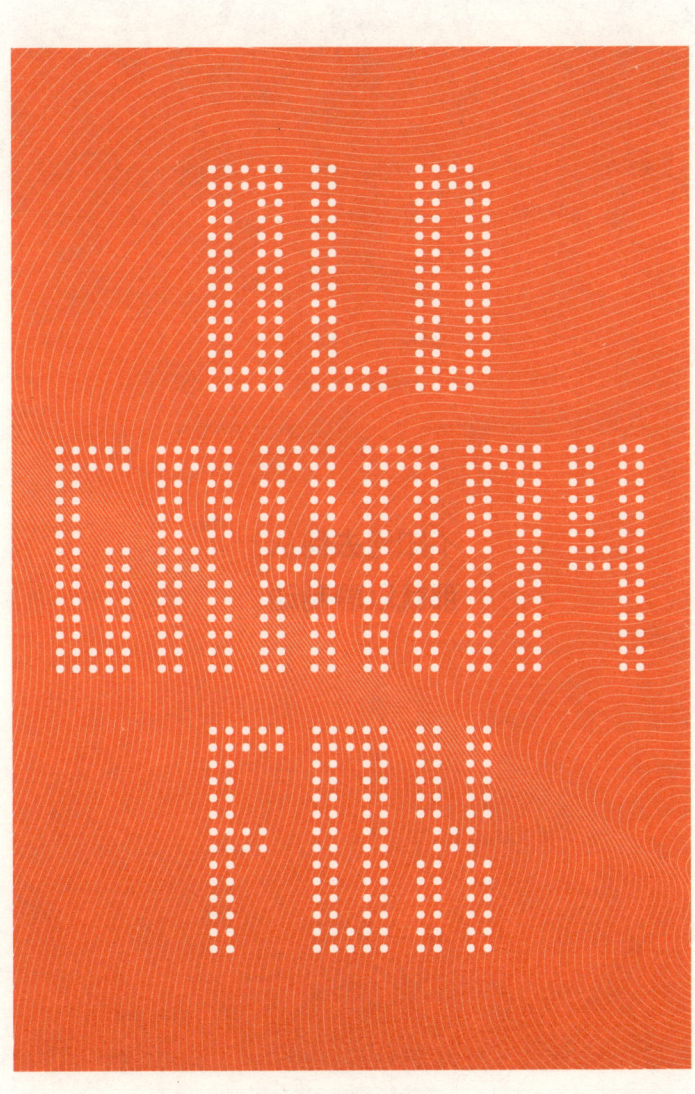

第二章
狐狸奶奶老糊涂了吗?

不知何去何从?
那就以静制动。

那天早晨，快乐的、圆圆的、红彤彤的太阳公公刚开始往蓝蓝的天空上爬，狐狸奶奶和狐狸雷迪小跑着穿过了白雪皑皑的格林牧场。狐狸奶奶在前，狐狸雷迪在后，他们迈着坚定的步伐，向大河上那处因水流过急而没有结冰的地方赶去。昨天，狐狸雷迪发现有一只野鸭在那里游泳，今天，他们要去那里捉那只鸭子。

不过，狐狸雷迪觉得他们压根儿没有机会靠近那只野鸭，因为野鸭一直待在水里，就像隔着十万八千里。狐狸雷迪之所以愿意跟着狐狸奶奶，是因为他希望能像昨天那样找到一条被冲上岸的死鱼。

在跟着狐狸奶奶小跑的时候，狐狸雷迪想："奶奶肯定老糊涂啦。我已经告诉她了，昨天我观察那只野鸭好久，他一次都没有靠近岸边。如果奶奶没有老糊涂的话，她应该明白，她是捉不住水里的野鸭的。奶奶年轻时非常聪明，但现在肯定有点儿神志不清啦。可惜呀，真是可惜，我都能想象出待会儿那只野鸭会怎么嘲笑她。恐怕连我都会觉得她很可笑。"

狐狸雷迪笑了，但他不想让狐狸奶奶知道他在笑。每当狐狸奶奶环顾四周的时候，他便尽力保持严肃，并努力摆出一副非常想捉住那只野鸭的样子。

狐狸奶奶很了解这个世界，她非常聪明。如果狐狸雷迪知道她一边带路去大河，一边在想什么的话，就不会自作聪明了。狐狸奶奶暗自笑着，心想："这个小捣蛋鬼一定以为我老糊涂了，不知道自己在做什么。他认为自己无所不知。年轻人狂妄自大，给他们讲道理是没有用的，想要教育他们，就要用事实说话。

年轻人呀,只有栽了跟头,才能不那么傲气,不那么自负。"

自负就是感觉自己懂得比别人多,但实际上也许根本不如别人。所以,人最好不要太过自负。狐狸雷迪现在就非常自负,在小跑着跟在狐狸奶奶后面的时候,他盘算着如果没机会捉野鸭,他该对奶奶说些什么。

他们很快来到了大河的岸边。狐狸奶奶告诉狐狸雷迪:"我要偷偷地爬到一些灌木的后面,爬到能窥视大河的地方。在这期间,你要一动不动地待着。"看着狐狸奶奶的背影,狐狸雷迪咧开嘴笑了。当狐狸奶奶蹑手蹑脚地回来时,他仍然在笑。他原以为他会看见狐狸奶奶失落的样子,但没想到的是,狐狸奶奶看起来非常开心。

狐狸奶奶说:"那只野鸭还在那里,我们很快就会有一顿大餐了。你偷偷地跑到那些灌木的后面去看看情况,然后回到这里告诉我,我们应该怎么做才能捉住他。"

于是,狐狸雷迪偷偷地溜到灌木丛后面,这次换作狐狸奶奶边看边笑了。当狐狸雷迪匍匐前行时,心想:莫非那只野鸭来到岸边了?肯定是这样的,否则奶奶怎么那样有把握。可是,当他透过灌木丛望过去时,看见那只野鸭还和昨天一样在那片开阔的水域中央游来游去。

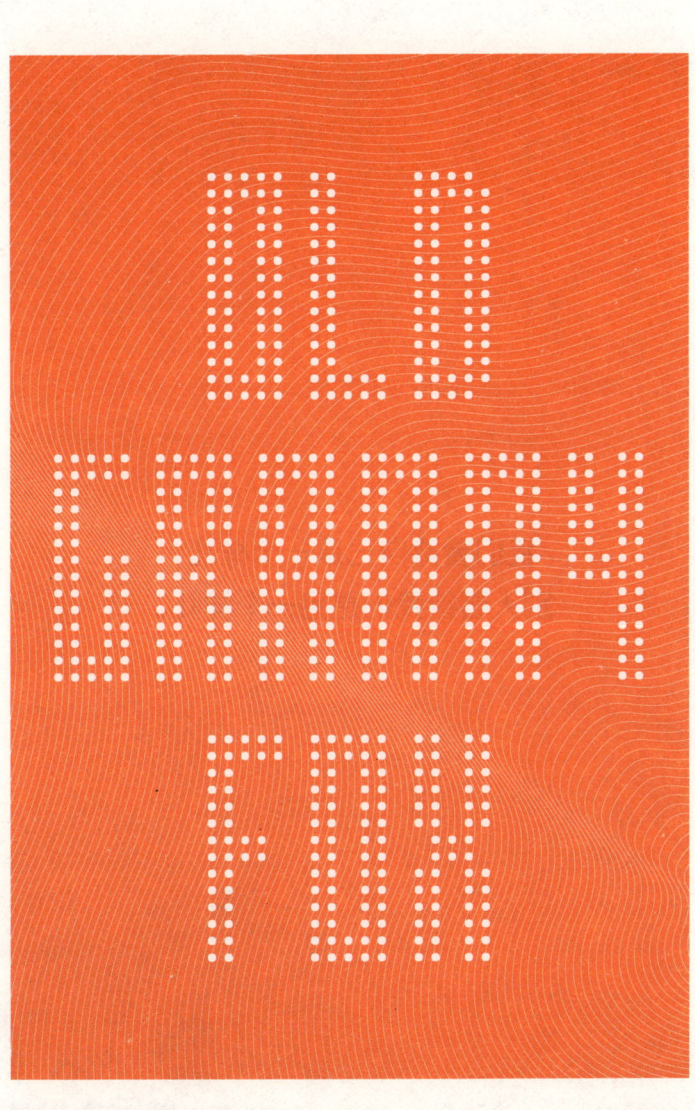

第三章
狐狸奶奶神志不清了吗?

我们看待自己是一个样儿,
别人看待我们是另一个样儿。

透过大河岸边的灌木丛,狐狸雷迪发现那只野鸭依然待在那片因水流过急而没有结冰的水域,于是喃喃自语道:"果然不出我所料,就像我跳起来也摸不到月亮一样,我们根本捉不住他,我要去告诉奶奶。"

为了避免那只野鸭发现他,狐狸雷迪往回爬时极其小心。然而当他再次出现在狐狸奶奶面前时,神情却傲慢极了。

狐狸奶奶说:"说吧,我们要怎样才能捉住他?"

"想要抓住那只野鸭,我们要么像鱼儿一样会游泳,要么像鸟儿一样会飞行。"狐狸雷迪说话的腔调无礼极了,狐狸奶奶压住怒火,平静地说:"你的意思是说,你认为我们不可能捉住他了?"

狐狸雷迪嚷嚷道:"毫无可能,我们根本捉不住他!"

狐狸奶奶问:"你连试都不愿意试?"

狐狸雷迪甩着头回答:"我已经长大了,我知道那是在浪费时间。"

狐狸奶奶吼道:"换句话说,你认为我已经是一只老糊涂的笨狐狸了?"

听到狐狸奶奶的吼声后,狐狸雷迪紧张起来,赶忙说:"不……不是的,我没有那样说。"

狐狸奶奶说:"但你是那样想的!听着,自作聪明的家伙,你只需照我说的做。现在,找个地方藏好,静静地看着那只野鸭和即将发生的事情。记住,不要被那只野鸭看到,现在,马上出发!"

狐狸雷迪按照狐狸奶奶的命令出发了,反正他现在也没有什么事可干,不如就听狐狸奶奶的。再说了,他还不敢违抗狐狸奶奶的命令。狐狸奶奶一直看着狐狸雷迪，看着他藏好。接着，她直接走到了狐狸雷迪正下方的河岸上，出现在了那只野鸭的眼前。

狐狸奶奶接下来的举动非常奇怪，难怪狐狸雷迪确信狐狸奶奶已经神志不清了。她先是滚来滚去，接着又追着自己的尾巴一圈一圈地转。狐狸雷迪都看得头晕眼花了。然后，她跳向空中，接着又跑来跑去，最后开始玩一根小棍子。自始至终，狐狸奶奶看都没看那只野鸭一眼。

狐狸雷迪目不转睛地看着狐狸奶奶，想：奶奶这是怎么了？她疯了。是的，肯定是这样的，而且是饿疯的，她太长时间没吃东西了。可怜的奶奶呀，她居然过起了自己第二个懵懂的童年。

狐狸雷迪记得，很小的时候，他也做过这些事情。但如果一只成年狐狸这样做的话，会被人瞧不起的，还会丧失尊严。狐狸雷迪非常看重尊严，他认为狐狸奶奶的做法很丢脸。他衷心希望,他的邻居们不要在这个时候路过此地。他不希望他们看到狐狸奶奶的举动,如果他们真的看到了现在的狐狸奶奶,那么他的耳根子以后就别想清净了。

狐狸奶奶继续滚来滚去,一圈圈地追着自己的尾巴,地上的雪被她踢得四处乱飞。不过,她没有发出一点儿声音。狐狸雷迪正在考虑离开此地,留奶奶一个人恢复正常,还是走出去想方设法地制止她。这时,他看了一眼那只野鸭所在的水域,发现为了看清楚狐狸奶奶在做什么,那只野鸭托起了双翅,撑起了尾巴,就像坐直了身子似的。

狐狸雷迪差点儿惊叫:"天哪,我发现那个家伙离岸近了一些!"

于是,狐狸雷迪把身子又伏低了一些。他不再看狐狸奶奶了,而是紧紧地盯着那只野鸭。

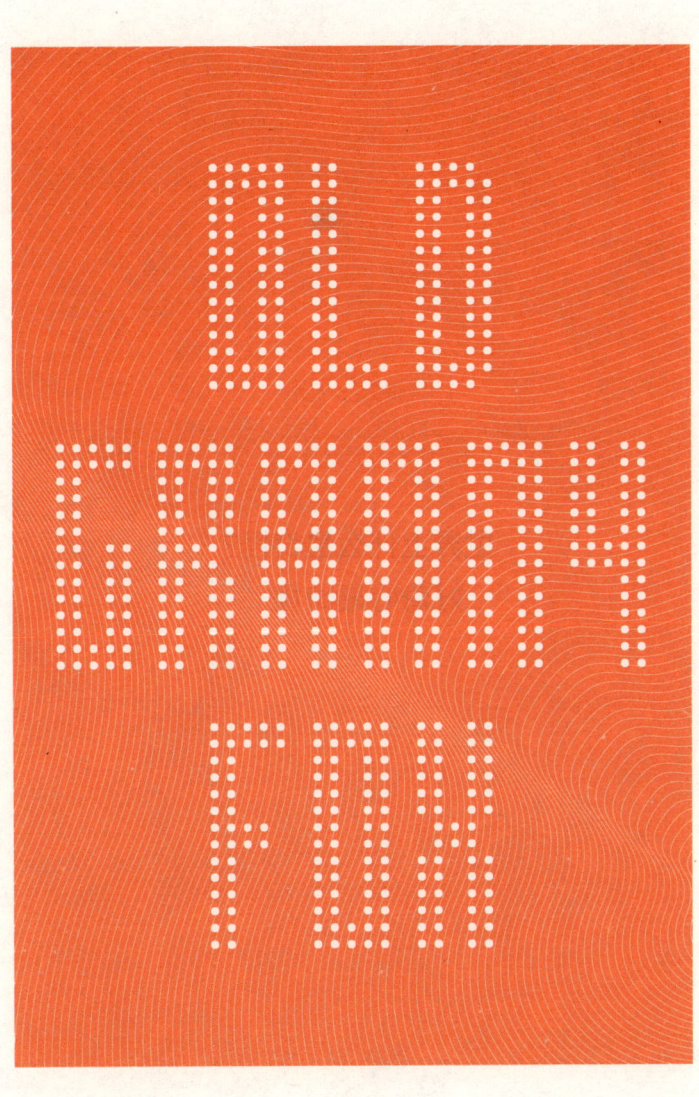

第四章
野鸭一步步走向"灾难"

世界上什么最奇怪?

好奇心最奇怪。

狐狸奶奶说得太对了,好奇心的确能让最聪明的人栽跟头。狐狸奶奶曾多次因好奇心而陷入麻烦。兔子彼得的好奇心很重,事实上,其他人的好奇心并不见得比兔子彼得少。

那只野鸭就差点儿因为好奇心而惹上麻烦。这只野鸭出生在遥远的北方,与天鹅笥克在那里度过了夏天。后来,他们向遥远的南方飞去,在路过大河时,野鸭发现这里有丰富的食物,因此便留了下来,决定到不得不再次前行时离开。

除了他待着的这个地方因水流过急而没有结冰之外,大河的其他地方都结冰了。众所周知,野鸭是出色的潜水员,他在河底发现了许多食物。除非老鹰粗爪来了,否则这里的动物根本赶不走他。而且,就算老鹰粗爪来了,他也可以潜入水下,在远处露出头来嘲笑和捉弄老鹰。冰凉的河水穿不透他那油性的羽毛,因此,他根本不在意河水有多冷。

他的家乡,那遥远的北方危险重重。在他来大河的途中,曾经被拿着猎枪的人类追杀,所以他很早就学会了如何保护自己,学会了时刻保持警惕的重要性。事实上,他觉得自己有能力应对各种危险,没有人能够捉住他。我猜他一定认为自己无所不知,在这一点上,他和狐狸雷迪惊人的相似,这是因为他们还年轻。据我所知,年轻的野鸭和年轻的狐狸以及其他年轻人都是如此。

第一次看到狐狸奶奶出现在那片小沙滩上时,野鸭就知道她肯定想捉他。于是他边笑边摆动他的短尾巴。然而令他感到奇怪的是,狐狸奶奶根本没有看他。

野鸭想:"她不知道我在这儿吗?"接着,他托起了双翅、撑起了尾巴、坐直了身子,一个劲儿地看着她。看到狐狸奶奶的奇怪举动之后,他想:这只狐狸究竟怎么了?她好像突然失去了理智。

狐狸奶奶滚来滚去,转了一圈又一圈,还翻了几个筋斗,最后仰面躺在地上,不停地踢着脚。野鸭从来没见过这么疯狂的举动,他猜这只狐狸的精神一定出了问题。野鸭开始兴奋起来,紧盯着狐狸奶奶。为了看得更清楚一些,他开始往岸边游去。他完全忘记了那是一只狐狸。

狐狸奶奶转得实在太快了,最后,变成了沙滩上一个奇怪的红点。她的举动既令人好奇,又令人兴奋。那只野鸭越游越近。狐狸奶奶的兴奋似乎感染了他,他也兴奋地划着圈游起来。他一点点地向岸边靠近,好奇心支配着他,他只想看清楚岸边狐狸奶奶的情况,完全没有意识到危险已经越来越近。

狐狸奶奶一刻也没有停止滑稽的动作，与此同时，她也在暗中观察着那只野鸭。不过，狐狸奶奶的观察很隐蔽，那只野鸭完全没有发现。当他慢慢地向岸边靠近时，狐狸奶奶便在滚啊爬啊的过程中慢慢地向后退去，越退越远。野鸭已经靠近岸边了，如果继续前进的话，他很快就会上岸了。

从始至终，野鸭的眼睛都在盯着狐狸奶奶，一门心思地想搞清楚她究竟是怎么了。除此之外，他再也没有别的想法了，根本没有意识到危险就在眼前。

狐狸奶奶想："再过一分钟，我就能捉住他了。"于是，她比之前旋转得更快了。

就在这时，意外发生了。

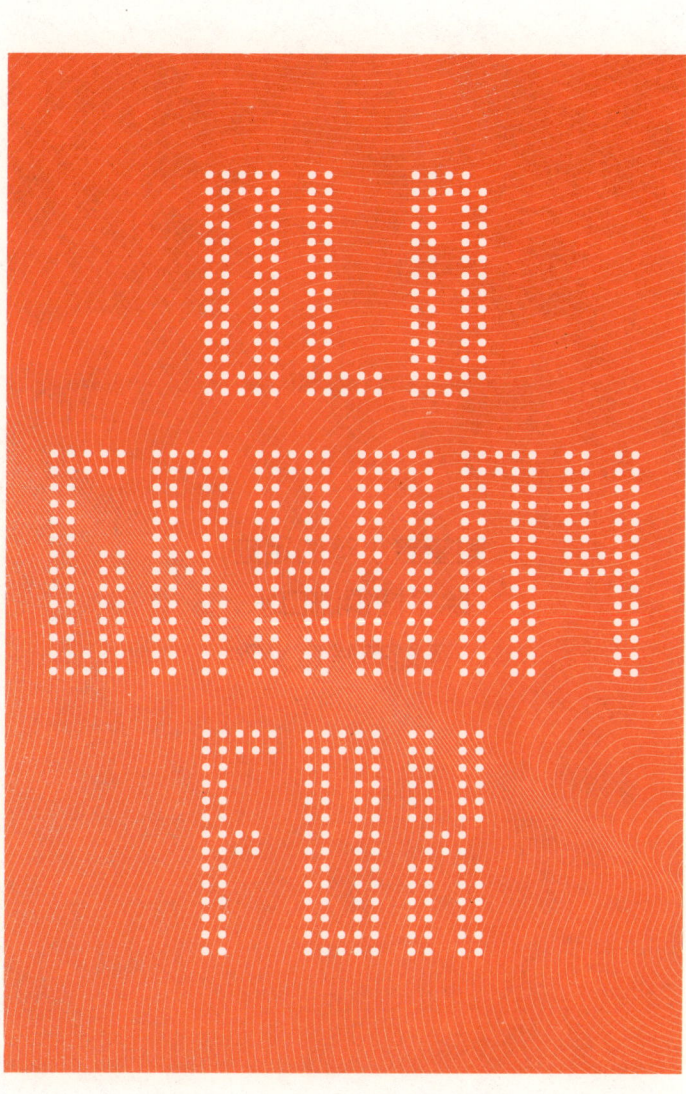

第五章
狐狸雷迪不敢回家

凝望着小鸡的足迹,
　除了馋得流口水,
　还能有啥意义?

夜幕降临了，狐狸雷迪却不敢回家，为什么呢？那天在大河，他差点儿就能吃上野鸭大餐了，但因为他的错，即将到嘴的鸭子还是飞了。狐狸奶奶所有的努力，全成了竹篮打水———一场空。

当狐狸雷迪从岸边的藏身处看着野鸭慢慢地往河岸边游去，越游越近，就快要到狐狸奶奶翻滚打转的岸边时，他才恍然大悟，原来狐狸奶奶没有疯，是在教他设置捕猎的"骗局"。

在好奇心的驱使下，野鸭越游越近，狐狸奶奶马上就能逮住他了。当狐狸雷迪意识到这一点时，本该为自己的自大而羞愧得无地自容。不过，他根本没有这样的想法。狐狸雷迪特别兴奋,他看到那只野鸭越来越靠近岸边了,同时,他还发现,那只野鸭的眼睛紧紧地盯着旋转着的狐狸奶奶。

狐狸雷迪一直紧盯着野鸭。突然,野鸭在狐狸雷迪的视线中消失了,原来是他面前的灌木丛挡住了他的视线。狐狸雷迪焦虑不安地扭动着身体,忘记了狐狸奶奶的叮嘱,急切地抬起头向岸边看去,他想看到狐狸奶奶纵身一跃获得美餐的那一刻。

俗话说,无巧不成书。就在狐狸雷迪抬起头的瞬间,野鸭刚好朝狐狸雷迪这边望过来,他锐利的眼睛立马发现了狐狸雷迪的脑袋。顿时,野鸭的好奇心消失得无影无踪,雷迪那张窥视他的凶狠的脸只会带来危险。野鸭立刻明白了,狐狸奶奶所做的一切都是骗局!于是,他闪电般地转过身,翅膀扑棱棱地扇动着,双脚拍打着水面,飞到了安全的水面上。

发现情况有变的狐狸奶奶猛然跃起,但为时已晚,除了弄湿了脚以外,她一无所获。她看着狐狸雷迪喃喃自语地说:"等我回到家,一定要好好地教训一下这个小捣蛋鬼。"她回到大河边上,在那里找到了一条被冲刷到岸边的死鱼。这条鱼非常美味,吃完它之后,狐狸奶奶感觉好多了。

狐狸奶奶想:"不管怎样,我已经教会他一个新技巧了。现在,他应该明白我仍然懂得一些他不知道的技巧,下一次他就不会盲目自信了。这样想来的话,即使这次没有捉住野鸭,我的努力也值了。唉,不过还是野鸭吃起来更美味。"狐狸奶奶咂巴了一下嘴,起身回家了。

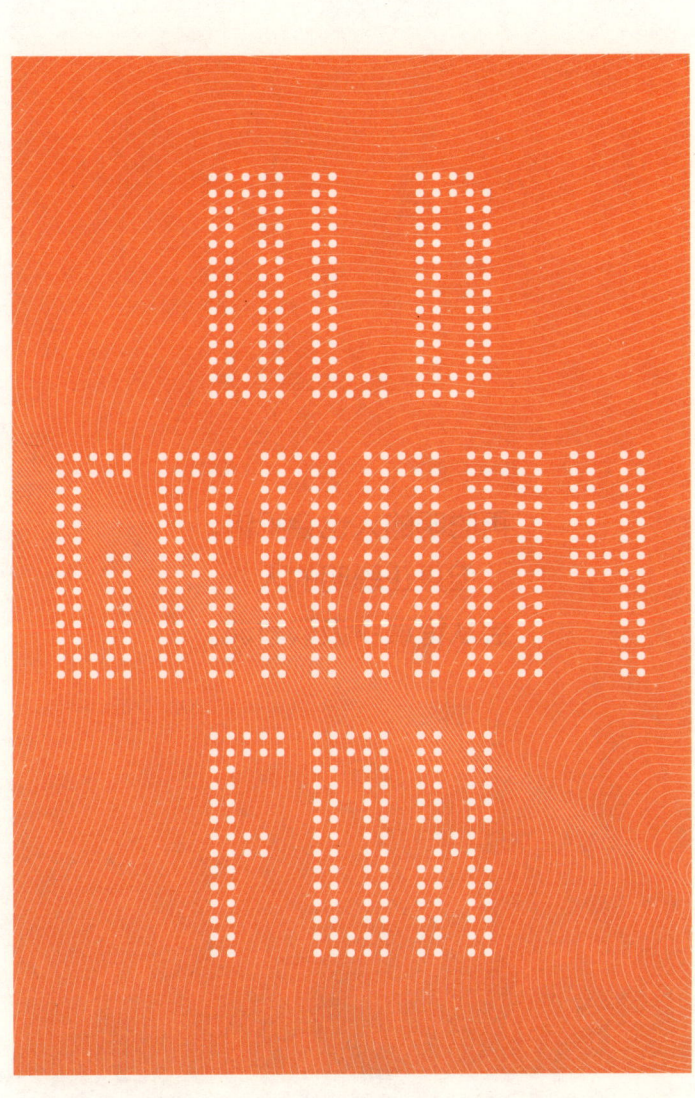

第六章
狐狸奶奶被抓住了尾巴

再聪明的人也会犯错,
但真正聪明的人,
会从错误中汲取教训。

格林森林和格林牧场的小动物中流传着一个谚语："要想抓住狐狸奶奶的尾巴，必须睁大自己的双眼。"这个谚语的意思是，狐狸奶奶极其聪明、机智，她时刻保持着警惕，只有非常聪明的人，才可能骗过她或者抓住她的把柄。不过，即使是最聪明的人，也有粗心大意的时候。狐狸奶奶因为自信，变得有点儿自负了。当一个人变得自负和粗心之后，一切聪明睿智就都没有用了。

狐狸奶奶习惯性地认为，除了老郊狼之外，她比其他所有的动物都聪明。她确信，没有人能抓住她。当某个人认为自己最聪明的时候，就和兔子彼得没有什么两样了。

狐狸奶奶在农夫布朗家的附近住了很长时间，她时常被农夫布朗的儿子和猎犬鲍泽追赶。她认为，无论如何，她都不会被农夫布朗的儿子和猎犬鲍泽捉住。后来，她越来越大意，结果为此付出了沉重的代价。

格林森林边上有一处温暖向阳的小山坡，站在那里可以俯瞰整个格林牧场。那是个舒适宜人的地方，在那里晒着太阳打个小盹儿最舒服不过了。至少，狐狸奶奶是这样认为的。她经常去那里晒太阳并小睡片刻，那里是她最喜欢的休息场所。

猎犬鲍泽发现她的足迹后，便会追赶她，而狐狸奶奶也会跟猎犬鲍泽玩一会儿捉迷藏的游戏。不过，等她厌倦了奔跑，并认为自己已经完成了所需的运动训练后，就会耍一个聪明的花招，让猎犬鲍泽找不到她的踪迹。然后，狐狸奶奶就会跑到那个小山丘上去休息，在休息时，她还会为自己的聪明而沾沾自喜。

这一天，地上刚好有新下的雪，走路时，狐狸奶奶很自然地在雪地里留下了足迹。当她在那个小山丘上蜷缩着晒太阳时，又留下了一些痕迹。

傍晚时分，农夫布朗的儿子来到格林森林漫步，突然发现了狐狸奶奶的足迹。因为好奇，他便沿着那些足迹找到了那个阳光充足的小山丘。狐狸奶奶刚刚离开不久，她在那里晒太阳的痕迹仍然留在雪地上。这些痕迹如此明显，农夫布朗的儿子立刻就明白了。

他自言自语道："这么说来，这里就是你休息的地方了，狐狸老太太。猎犬鲍泽的腿都快跑断了，而你却躲到这里晒太阳，改天我要好好地吓吓你。是的，我决定给你一个大大的惊喜，你骗了我们这么多次，这次该轮到我们骗你了。"说完，他咧开嘴笑了。若狐狸奶奶看到那个微笑的话，肯定会紧张不安的。

第二天，农夫布朗的儿子扛着杆可怕的猎枪，带着猎犬鲍泽去寻找狐狸奶奶的踪迹。不一会儿，猎犬鲍泽的大嗓门儿便让全世界都知道，他发现狐狸奶奶的踪迹了。农夫布朗的儿子露出了一个像昨天那样的笑容,他带着猎枪朝格林森林走去,来到了那个阳光明媚的小山丘附近,藏在小山丘边上的松树后面。

他耐心地等了很长时间,在这期间,他听到了猎犬鲍泽追赶狐狸奶奶时发出的越来越兴奋的叫声。突然,猎犬鲍泽停止了大叫,不耐烦地咆哮起来。农夫布朗的儿子清楚地知道那意味着什么,那意味着狐狸奶奶耍了一个聪明的花招,甩掉了猎犬鲍泽。

几分钟后,狐狸奶奶从格林森林里走了出来。她咧嘴笑着,因为她再一次骗过了猎犬鲍泽。现在她可以安静地小睡一会儿了,于是,她笑着翻了两三个身,找了一个舒适的姿势,满足地叹了口气,蜷缩起来,很快就睡着了。

不远处的松树后面,农夫布朗的儿子手拿猎枪坐着那里。他再次笑了,因为他终于逮住正在睡觉的狐狸奶奶了。

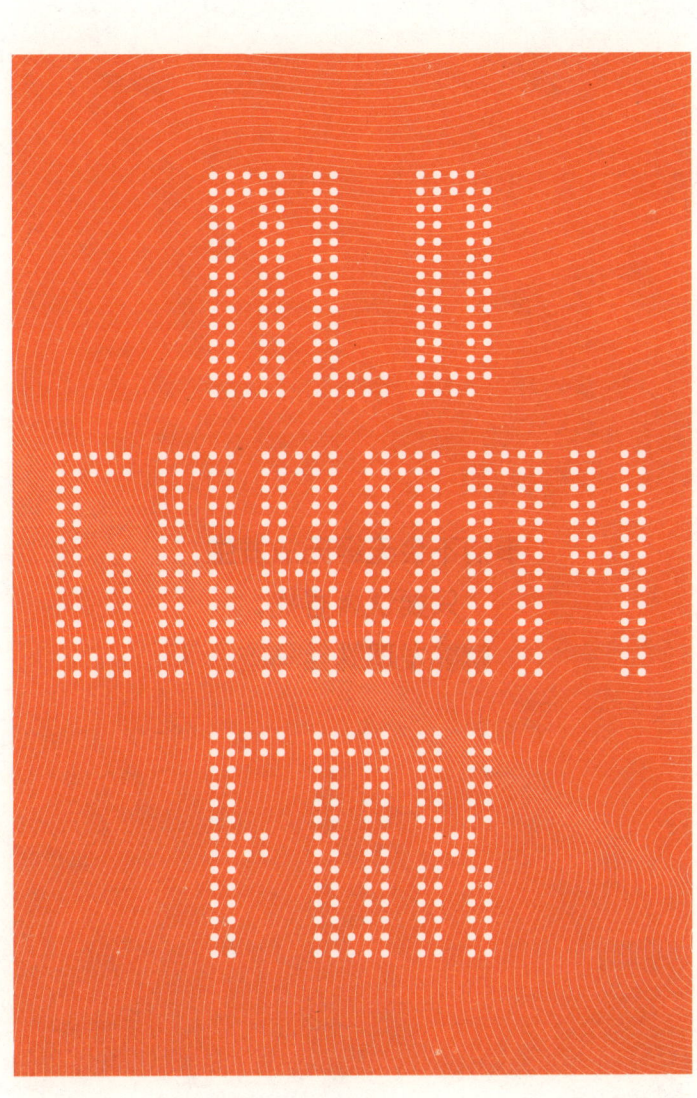

第七章
狐狸奶奶做了个噩梦

事情不会无缘无故发生，
只要认真寻找，
就能发现蛛丝马迹。

狐狸奶奶蜷缩在那个阳光照耀的小山丘上睡得正熟,而且她还在做梦呢。那里真是一个令人愉快又舒适的好地方啊,快乐的、圆圆的、红彤彤的太阳公公从蓝蓝的天空中,将温暖的阳光倾洒在那里。我们前面说过了,狐狸奶奶经常溜到这里晒太阳打盹儿,即使在冬天也是如此。她确信没有人知道这件事,这是她的一个秘密。

这天早晨,狐狸奶奶异常疲惫,因为昨天一整晚她都在外捕猎。今天早上,就在她准备回家的时候,猎犬鲍泽发现了她的足迹,开始追赶她。这个时候,她当然不能回家,绝对不能。如果她往家跑的话,猎犬鲍泽会一路跟随她的足迹，来到她的家门口。狐狸奶奶引诱着猎犬鲍泽穿过格林牧场，在格林森林里四处穿梭。最后，她要了一个花招，让自己的足迹交叉在了一起。这样一来，猎犬鲍泽就不能通过足迹追赶她了。当猎犬鲍泽用灵敏的鼻子嗅来嗅去，试图找出她离开的方向时，狐狸奶奶已经径直跑到了这个充满阳光的小山丘上。来到小山丘后，狐狸奶奶便蜷缩起来休息了，很快就睡着了。

狐狸奶奶与格林森林和格林牧场上的其他大多数小动物一样，即使在睡着的时候，耳朵也张得大大的。虽然她的眼睛闭上了，但她的耳朵依然灵敏地捕捉着周围的声音。即使在睡觉的时候，她也保持着警惕，一旦听到什么动静，会立刻睁开眼睛，做好随时逃跑的准备。说来也是，要是没有那双灵敏的耳朵为她站岗，大白天的，她怎么敢在露天的地方小睡呢。因此，请记住，如果你想给狐狸一个"惊喜"，那你一定不能发出一丁点儿的声音。

  刚闭上眼睛,狐狸奶奶就开始做梦了。最开始的时候,那是一个愉快的梦,可以说是一只狐狸所能做的最愉快的梦了,梦里,她在吃小鸡。梦中的狐狸奶奶肯定非常享受,因为她的嘴巴不自觉地咂巴起来,好像在享受真正的大餐。

  很快,这个梦就变成了噩梦,一个十足的噩梦。狐狸奶奶梦到猎犬鲍泽似乎变得异常聪明了,至少比之前她所了解的要聪明得多。不管她做什么事情,都无法骗过他。她用了很多花招,但猎犬鲍泽就是不上当。最后,她被猎犬鲍泽追得连喘气的工夫都没有了。

  梦中,猎犬鲍泽越来越近,好像他的咆哮声就在她的脚后跟似的。狐狸奶奶已经疲惫不堪了,再也跑不动了。这个梦感觉非常真实。的确,有时候梦境会给人一种非常真实的感觉。她似乎感觉到猎犬鲍泽呼出的气,他的血盆大口几乎就要咬到她的身体了。

"啊！啊！"狐狸奶奶大叫起来。她被这个噩梦吓醒了，双眼睁得大大的。等她意识到刚才让她惊恐的事情只是一个梦时，才长长地松了一口气。她依旧蜷缩在温暖、熟悉、阳光充沛的小山丘上。

狐狸奶奶微笑着回想刚才受到的惊吓，她有点儿不确定自己是真醒了，还是仍然在梦中！突然，她看到了农夫布朗的儿子和那杆可怕的猎枪！

短暂的几秒钟内，她一动不动，因为那时她极度恐惧，以至于身体都动不了了。接着，她终于意识到眼前的这一幕是真真切切、实实在在的。在她面前的，的确是农夫布朗的儿子和可怕的猎枪！一瞬间，她明白了，农夫布朗的儿子刚才肯定藏在那些松树后面。

可怜的狐狸奶奶，她生平第一次被人弄了个措手不及。她已经绝望了，只要农夫布朗的儿子朝她开一枪，今天就是她的末日了。

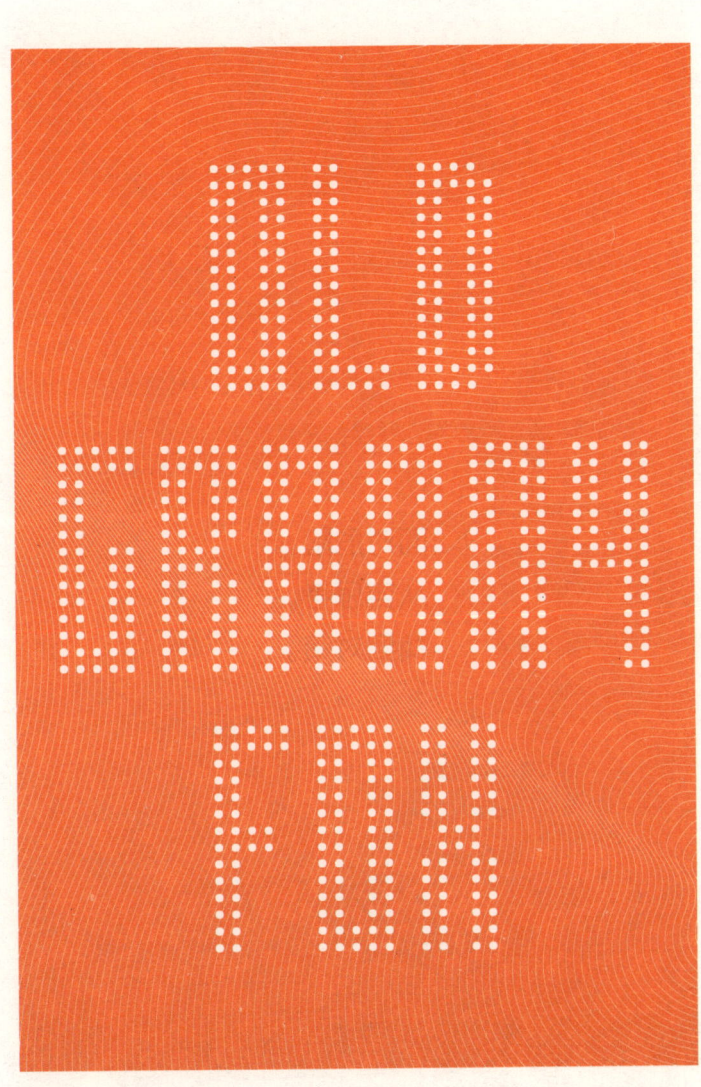

第八章
农夫布朗的儿子做了什么

面对危险,
从容思考,
找到对策。

可怜的狐狸奶奶,虽然之前想过自己会身处险境,但从来没有想到自己会置身于这样的一种险境——农夫布朗的儿子站在她的面前,枪口正对着她。他们之间的距离如此之短,狐狸奶奶深知在这种情况下,根本逃脱不了。

她呆呆地盯着农夫布朗的儿子,有那么几秒钟的时间,由于过于恐惧,她完全麻木了,既不能挪动身体,也不知道用大脑去思考。慢慢地回过神来之后,狐狸奶奶开始想:为什么那杆可怕的猎枪还没有响?农夫布朗的儿子在等什么呢?

她站了起来,虽然她觉得迈出的这一步将是她此生的最后一步,但她还是迈出了生死攸关的一步。

农夫布朗的儿子怎么会扣动猎枪的扳机呢?怎么会做如此可怕的事情呢?如果我们仔细观察的话便会发现,他那布满雀斑的脸上没有一丝残忍的神色。他逮住了正在睡觉的狐狸奶奶,笑了起来。他知道,这次她不能再像从前那样从他的手里逃脱了。

"呜!"狐狸奶奶在迈出那一步的时候,低声地呜咽了起来。

那一瞬间,农夫布朗的儿子做了一件事,什么事呢?他没有对狐狸奶奶开枪,而是向狐狸奶奶扔了一个雪球,然后大喊了一声——这就是他做的所有事情了。

狐狸奶奶猛地一跳,接着飞奔起来,四条黑色的腿跑得空前的快。看到她的样子,农夫布朗的儿子哈哈大笑起来。

奔跑的时候,狐狸奶奶每时每刻都在等待可怕的枪声。在那段短暂的时间里，因为恐惧，她的心都要爆炸了。她觉得她的每次跳跃都要成为最后一次。然而那可怕的枪声迟迟未响。过了一会儿，她觉得自己已经安全了，便回头看了看，发现农夫布朗的儿子还站在原地哈哈大笑，而且笑声更大了。尽管狐狸奶奶不喜欢这种笑声，但他的笑声其实很好听，因为这是一种善良和快乐的笑。

农夫布朗的儿子大喊道："快跑，狐狸老太太，快跑！下次你想偷我的小鸡时，你可得想想这次的事情。我在你睡觉时捉住了你，本可以杀掉你的，然而我却放走了你。记住这件事情吧，狐狸老太太，离我的母鸡远一点儿。"

山雀汤米刚好看到了这一切，高兴得无以复加。他大叫："叽，叽，叽！我就说农夫布朗的儿子不是个坏心肠的人，他对大家都很友好。"松鸦塞米看到了这一切，嘟囔着说："也许吧，也许吧，不过，对我来说，他太精明了，不值得相信。哦，我的天哪！哦，我的老天爷！这个新闻将被传来传去，狐狸奶奶的耳根子别想清净了。如果她再吹嘘说自己有多聪明的话，我们大家一定会让她想起这次的事情的。农夫布朗的儿子趁着她睡觉的时候逮住了她。呵呵！我得赶快走了，我得把这件事情告诉我的表兄乌鸦布雷奇。听到这个消息，估计他会笑个半死吧。"

至于狐狸奶奶，她更加害怕农夫布朗的儿子了，不是因为他对她做过什么事情，而是因为他对她没有做什么。她打死也不会相信农夫布朗的儿子想和她做朋友，狐狸奶奶认为，农夫布朗的儿子放她走，只是为了显示他比她更聪明而已。因此，狐狸奶奶的心中不仅没有谢意，反而充满了怨恨和恐惧。

那些作恶多端的人，对别人总是缺少善意。

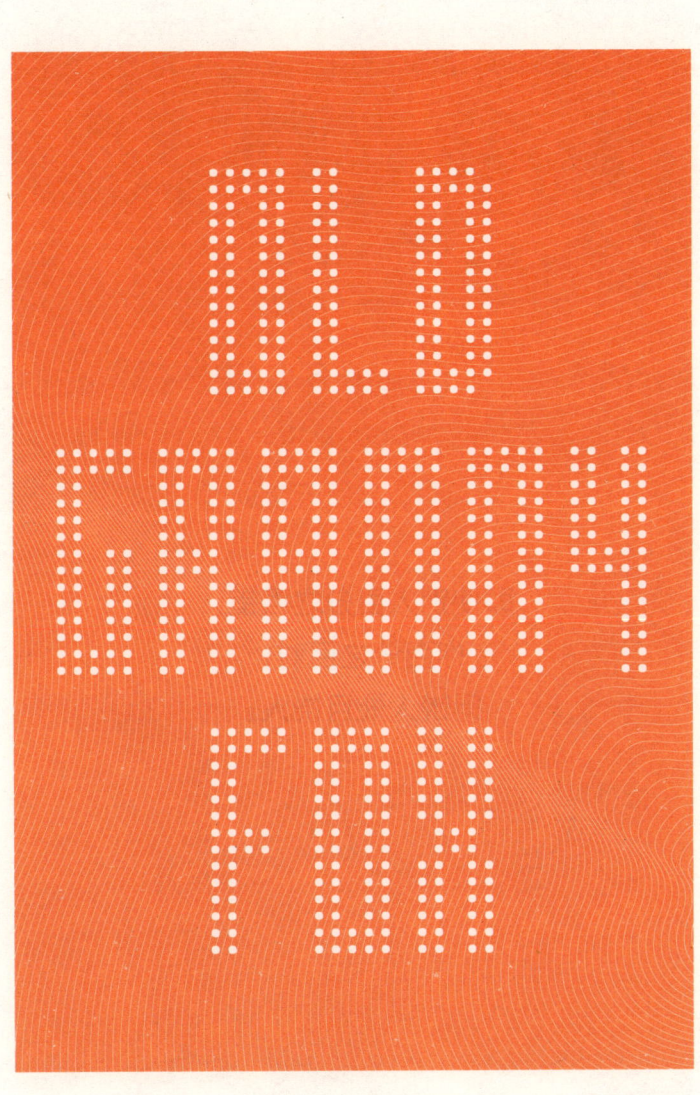

第九章
狐狸雷迪听说了狐狸奶奶的事

即使别人百分之百错,
你百分之百对,
得饶人处且饶人。

松鸦塞米急匆匆地穿梭在格林森林中,边飞边咯咯地笑着。他迫不及待地想要告诉大家,狐狸奶奶在睡觉的时候被农夫布朗的儿子逮住了。如果是别人告诉他这个消息的,他是绝不会相信的,但这次他是亲眼所见。一想到被大家认为最狡猾、最聪明、最精明的狐狸奶奶,竟然被她害怕但又不屑的人类抓住了尾巴,松鸦塞米笑得肚子都疼了。

不久,松鸦塞米看到了沿着寂寞小路一路小跑的狐狸雷迪。狐狸雷迪常常吹嘘狐狸奶奶多么聪明,因为他吹嘘的次数实在是太多了,以至于大家都厌倦了。看到狐狸雷迪在寂寞小路上小跑时,松鸦塞米笑得更开心了。他藏在一棵茂密的铁杉树上,当狐狸雷迪经过时,他大喊:"我有一个愚蠢的奶奶,但和那些自以为聪明的人不一样,我从来没有吹嘘过我的奶奶,我靠我自己的能力生活!"

狐狸雷迪愤怒地抬起头来,虽然看不到松鸦塞米,但听得出是松鸦塞米的声音。不会错的,生活在这里的动物都知道松鸦塞米的声音。狐狸雷迪的表现有些愚蠢了,他听到松鸦塞米的话很生气,还将自己的愤怒表现了出来。如果他肯平静下来动动脑子,就会明白松鸦塞米这样说是在挑衅,塞米的目的就是为了让狐狸雷迪愤怒。狐狸雷迪越愤怒,松鸦塞米就越高兴。

和大多数人一样,狐狸雷迪被愤怒冲昏了头脑,咆哮道:"谁说狐狸奶奶愚蠢了?"

松鸦塞米迅速地回答:"我说的,我说她很愚蠢。"

狐狸雷迪吹嘘道:"她是格林森林和格林牧场中最聪明的动物,这里所有的动物都没她聪明。她是我们所生活的这个世界里最聪明的动物了。"狐狸雷迪对此深信不疑。

松鸦塞米嘲笑道："她不够聪明，因为她没有骗过农夫布朗的儿子。"听到这句话，狐狸雷迪陷入了一阵恐惧之中，难道狐狸奶奶被农夫布朗的儿子开枪打死了？"什么意思？谁说的？狐狸奶奶发生了什么事情？"

松鸦塞米回答道："没什么，只是她在白天睡觉的时候，被农夫布朗的儿子抓了个正着。"说完，松鸦塞米咯咯地大笑起来，好让狐狸雷迪听到他的笑声。

狐狸雷迪厉声说："我不相信！你说的话我一个字都不信！迄今为止，还没有一个人能逮住狐狸奶奶，今后也不会有。"

松鸦塞米反唇相讥道："我才不管你信不信呢。事实就是这样，因为我看到了这一切。"

"你……你……你……"狐狸雷迪张口结舌。

松鸦塞米打断他说："你可以去问问山雀汤米，看看这是不是真的，他也看到了这件事。"

这时，一个新的声音说道："叽，叽，叽！是这样的。农夫布朗的儿子并没有对她开枪，只是朝她扔了一个雪球，然后便放她走了。"原来山雀汤米也坐在那里呀。

听到这些话后，狐狸雷迪不知所措，不敢相信这一切。可他知道山雀汤米从不说谎，如果山雀汤米说那是真的，那么就是真的。只是松鸦塞米告诉他这件事的话，他打死也不会相信。现在，山雀汤米和松鸦塞米都看到了农夫布朗的儿子是怎么吓唬狐狸奶奶的，然后又怎么让她毫发无损地离开的，狐狸雷迪不得不信了。

狐狸雷迪打算动身去找狐狸奶奶，想问问她到底是怎么回事。一个想法突然出现在他的脑袋里，他改变了主意。狐狸雷迪带着狡猾的微笑喃喃自语："我先不提这件事情，等到哪天我因为粗心大意被奶奶责骂时再提。到时候，我看她说什么。我猜，我那样做之后，她就不会再骂我了。"

狐狸雷迪笑得更开心了。他没有为狐狸奶奶受到的惊吓伤心，而是谋划着怎样报复她。

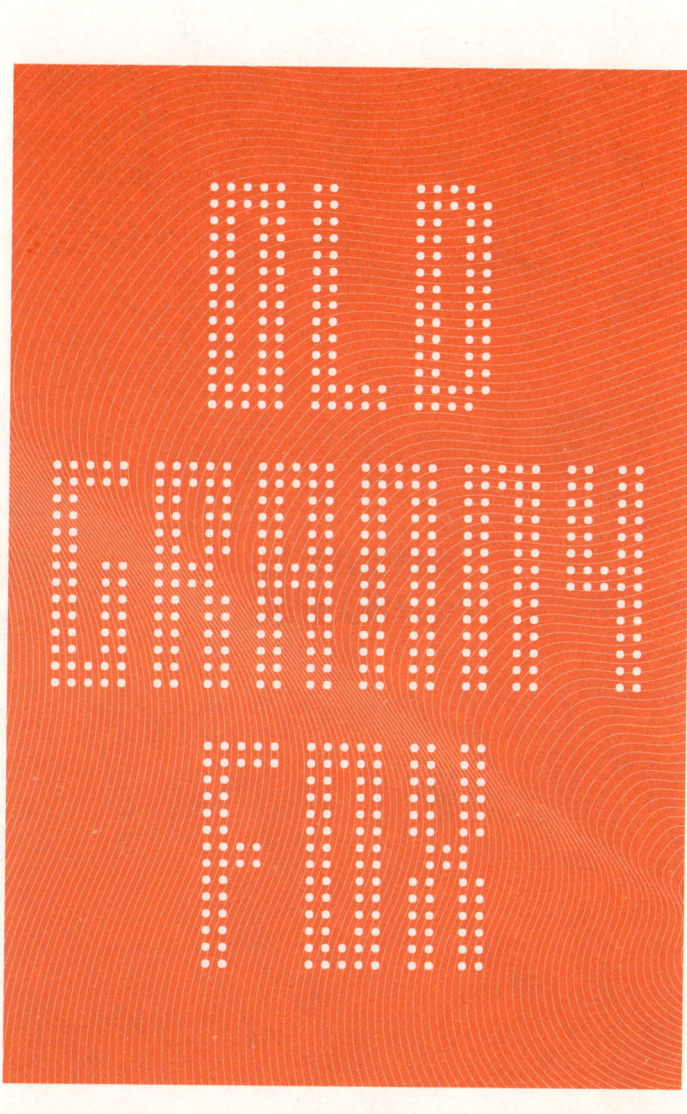

第十章
狐狸雷迪十分无礼

说话鲁莽无礼,
　定会陷入窘境。

狐狸雷迪是一个刚愎自用的人,和大多数刚愎自用的人一样,总是认为自己想出来的方法是最好的。毋庸置疑,狐狸雷迪很聪明,为了生存,他必须如此。

他的大多数知识都是从狐狸奶奶那儿学来的,他所知道的最好的骗局也是狐狸奶奶教给他的。当他开始牙牙学语,走路还晃晃悠悠的时候,狐狸奶奶就开始教他东西了。是她教会了他如何捕猎,最好不要在自己家附近偷小鸡,如何骗过猎犬鲍泽。正是因为狐狸奶奶的教导,狐狸雷迪学会了如何用黑色的小鼻子跟踪粗心的小兔子们留下的足迹,学会了如何捉住藏在雪底下的田鼠。事实上,狐狸雷迪所知道的全部东西，几乎都是从他那精明睿智的狐狸奶奶那儿学来的。

随着年龄的增长，当他的身体长到和狐狸奶奶那样大时，便忘记了狐狸奶奶对他的谆谆教导。长大后的狐狸雷迪逐渐变得狂妄自大起来，他觉得自己无所不知。有时候，当他做了愚蠢或粗心的事情之后，狐狸奶奶便会责骂他。

狐狸奶奶告诉狐狸雷迪说他已经长大了，该懂事了。每当这个时候，狐狸雷迪总是很生气，不过也只是暗自咕哝着离开，从来不敢公然地对狐狸奶奶表示不敬。

他常常想："要是我能逮住奶奶做了什么愚蠢或者粗心的事该有多好啊。"然而他从来都没有这样的机会，而且认为自己永远没有机会了。现在，他的奶奶，聪明的狐狸奶奶终于疏忽大意了，在睡觉的时候竟然被农夫布朗的儿子逮住了！

狐狸雷迪真希望那时他也在现场，真希望自己能亲眼看到那一幕，但不管怎么说，别人已经告诉了他。因此，他打定主意，要在被狐狸奶奶严厉批评他时回嘴。大家都知道，跟长辈顶嘴是十分无礼的。

机会终于来了。某天，狐狸雷迪又做了一件事，一件真正聪明的狐狸从不会做的事——他竟然连续两天晚上光顾了同一个鸡舍，第二次，他好不容易才从猎人的枪口下逃脱。狐狸奶奶知道了此事后，开始用前所未有的严厉话语来责骂他。她还不知道狐狸雷迪已经知道她的事了。狐狸奶奶骂道："你是我听说过的最愚蠢的狐狸。"

狐狸雷迪放肆无礼地反驳道："我还没有你蠢呢！"

狐狸奶奶问："什么意思？你这话是什么意思？"

狐狸雷迪极为放肆地笑着说："我说我没有你愚蠢，也没有你那么傻。我不至于蠢到在大白天睡觉，以致被农夫布朗的儿子逮住。"

狐狸奶奶一下子瞪圆了双眼。接着，意想不到的事情发生了，狐狸雷迪被一阵狂风骤雨般的巴掌打得睁不开眼。他感觉，天空中充满了黑色的爪子，那些爪子一下下地落到他的头或脸上，每一下都让他痛得夹紧尾巴。开始的时候，他低声呼叫着，最后开始嚎叫起来。

"好了！"狐狸奶奶终于停了下来，她快喘不上气了。她大叫道："也许这次能教会你要尊敬自己的长辈。是，我是粗心大意，我是愚蠢，但我非常愿意承认它，因为它给我上了一课。

智慧通常都是从错误中获得的，一个不愿意承认错误的人，是永远不会从错误中获益的。同样的错误犯两次的人活不长久，那些对自己的长辈放肆无礼的人也得不到善终。今天，我捉了一只肥鹅当晚餐，但你一口也别想吃。"

当狐狸雷迪饿着肚子爬上床时，嘟哝道："我……

我真希望自己从没有听说过奶奶的错误。"这时，他心底传来了一个微弱的声音："其实你最希望的是你没有放肆无礼。"

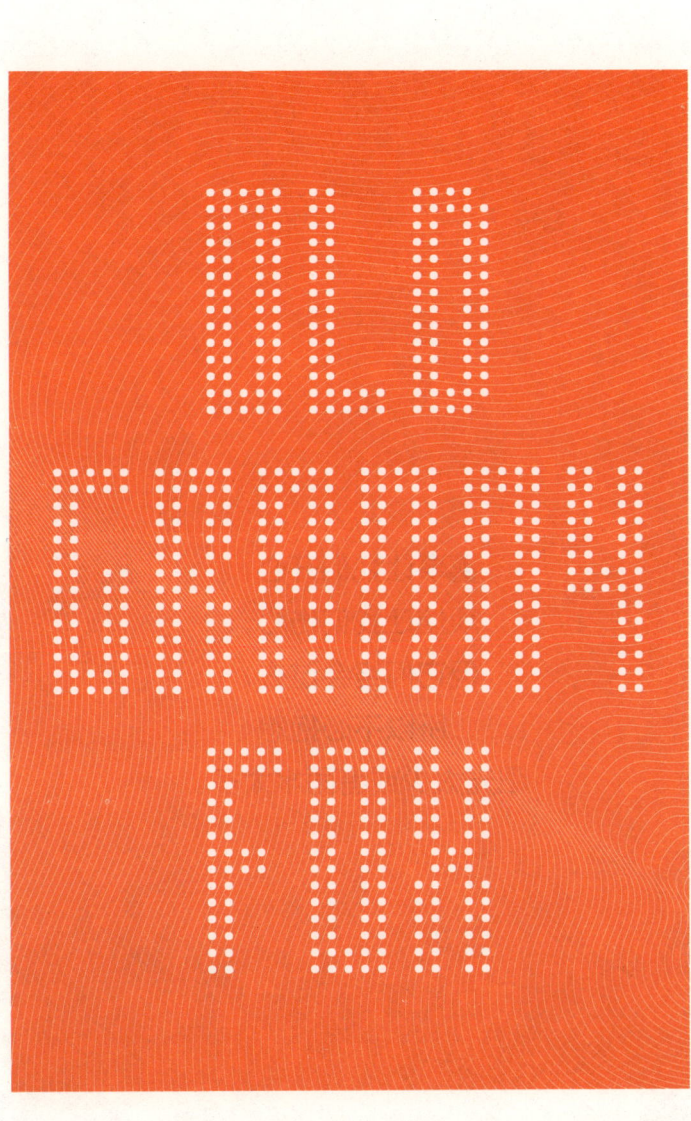

第十一章
暴风雪过后

喜事让我们开心,
烦恼让我们伤心,
但它们终会过去,
所以不必抱怨
阳光太少或者雨水太多。

在阳光明媚的日子里,我们要好好享受;在阴雨连绵的日子里,我们期待着阳光再次来临。一场可怕的暴风雪将格林森林、格林牧场以及老果园里的小动物们困在了自己的家里或者避难所里。他们深知,暴风雪不会永远持续下去,这也是他们坚持下去的希望。

两天了,暴风雪还在持续,一些小动物都快要饿死了。是的,朋友们,他们快饿死了。整整两天没有吃任何东西的话,我们肯定会饥饿难耐。但我们住在温暖舒适的地方,饥饿不会对我们造成真正的威胁。可是,那些生活在野外的小动物,特别是那些小鸟,他们的情况就非常糟糕了。通常,他们的活动量比较大,需要很多食物来填饱肚子,为他们小小的身躯提供热量和能量。当他们的食物供应被完全切断后,在很短的时间内就会因饥饿或寒冷而死去。漫长的寒冬里,每一场暴风雪都会终结大批小动物的生命。

暴风雪持续了两天,在第二天的傍晚时分,凛冽的北风停止了呼啸,快乐的、圆圆的、红彤彤的太阳公公露出了笑脸,他微笑着俯瞰着白茫茫的大地。现在,他的微笑受到了前所未有的欢迎。不过,小动物们知道,过一会儿,太阳公公就要到紫山后面去睡觉了。被暴风雪困住的小动物们急急忙忙地从藏身处跑出来,他们必须充分利用这段极短的时间寻找食物,因为寒冷的夜晚要很快来临了。

山雀汤米冻得浑身发抖,已经虚弱得几乎飞不起来了。不过,他还是拼命地飞向一棵苹果树。农夫布朗的儿子常常将一块牛脂绑到那棵苹果树的树枝上,这是他为山雀汤米和他的朋友们准备的食物。不过,啄木鸟德鲁默首先到达了那里。鸟类之间有这么一个礼貌法则：当一只鸟正在吃那块牛脂时，新来者必须耐心等待，等那只鸟吃完之后，他才会上前。因此，虽然山雀汤米快要饿死了，但他还是高兴地说："叽，叽，叽！在我看来，那很美味。"

啄木鸟德鲁默正在贪婪地啄食着那块牛脂，他含混不清地说："是很美味，来吧，山雀汤米，不用等我了，你也赶快来吃吧。我要吃好长时间呢，因为我差点儿就要饿死了，我猜你肯定也是。"

山雀汤米飞到了啄木鸟德鲁默的身边，在吃东西之前，他说："是的，是的，我也差点儿饿死，非常感谢你，啄木鸟德鲁默，因为你的大方，让我无须再等待。"

啄木鸟德鲁默含着满嘴的食物回答道："别客气，没有时间顾及礼貌了。五子雀扬克也来了，让他也过来一起吃吧。"

很快，五子雀扬克也加入了他们，狼吞虎咽地吃起来，边吃边因为自己的吃相给他们道歉："如果在夜幕来临之前，我还没有填饱肚子的话，我肯定会在明早之前被冻死的。这里有如此美味的食物等着我们，我们是何等幸福啊。如果我要和往常一样在树上找食物的话，我只好放弃然后等死了。啊，来到这里就已经耗尽了我全身的力气。哎呀，我的天哪，我感觉自己重获新生了！看，松鸦塞米来了，我在想他是否会像往常一样设法赶我们走呢。"

这一次松鸦塞米没有那样做，他非常和善，也非常有礼貌地问："你们能给我这个快饿死的鸟儿腾出一点儿地方吃上一口牛脂吗？我本不该这样请求的，但如果没有食物的话，我撑不过今晚的。"

山雀汤米回答道："叽，叽，叽！再来一个也有地方。"说完，他往旁边挤了挤，给松鸦塞米腾出了一点儿地方。"这场暴风雪真可怕，是吧？"

松鸦塞米含混不清地说:"是的,这是我见过的最糟糕的一次情况了,我都不知道我是否还能再次温暖起来。"此后,他们直到填饱肚子,都没有再说一个字。

与此同时,红松鼠查特尔也发现暴风雪停了。当他挣扎着穿过雪地走向另一棵苹果树时,看到了山雀汤米和他的朋友们。他打心底里为这些朋友高兴,因为他们找到了食物。他自己的困境也快结束了,因为在他前往的那棵树上有许多玉米。

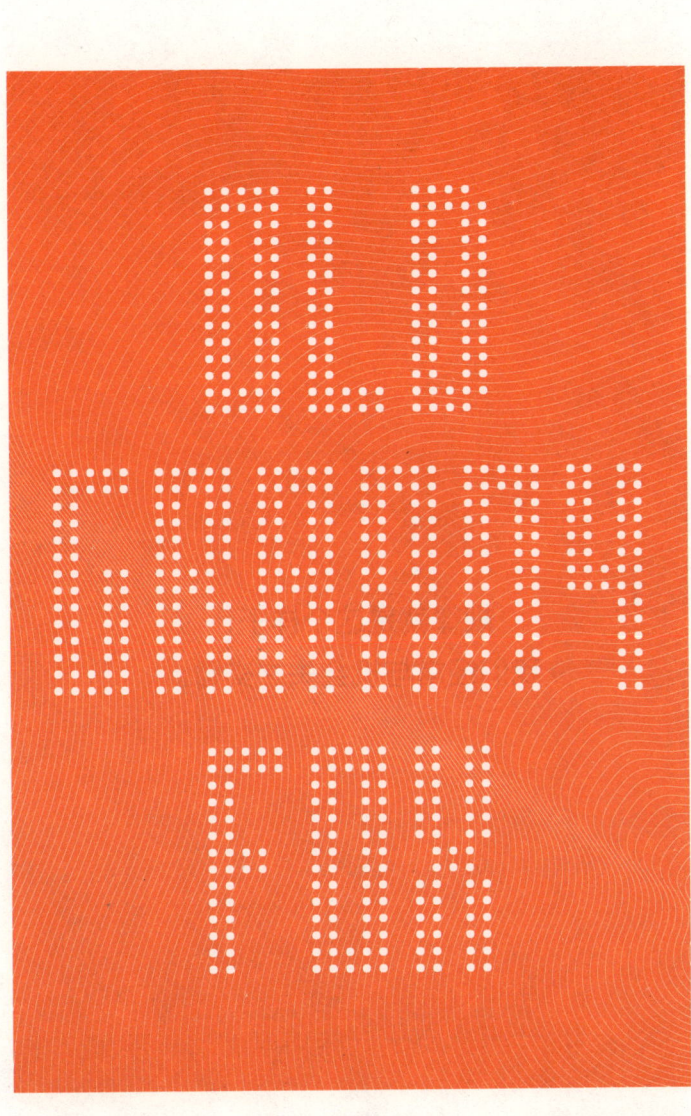

第十二章
狐狸奶奶和狐狸雷迪
没有猎到食物

**规律就是这个样子,
我们经常与机会失之交臂。**

这场暴风雪刚一结束就出去转悠的,可不止山雀汤米、啄木鸟德鲁默、五子雀扬克、松鸦塞米和红松鼠查特尔。是的,没有冬眠的或者没有储存食物的动物都出来了。不过,并不是所有的动物都像山雀汤米和他的朋友们那样幸运能够找到美餐。

兔子彼得和彼得太太从蔷薇丛中央那个温暖舒适的洞里出来了,立刻开始啃食小树的树皮和树枝的嫩尖。这些东西并不是美味的食物,但可以充饥。松鸡太太从雪里冲了出来,急急忙忙地赶在天黑前吃了一顿饭。她没有时间挑肥拣瘦,只是找了些云杉芽填饱肚子而已。云杉芽非常苦涩,她不是很喜欢它们,但她太饿了,只能将就一下。夜晚马上来临,她不仅不能挑食,还要为她能吃到这些东西而感恩。

狐狸奶奶和狐狸雷迪也出来了,不过他们不用着急,因为他们整晚都可以在外捕食。但此刻他们饥饿难耐,必须马上找点儿东西吃。他们自然知道其他小动物都在外面找食,不过,他们希望看到一些虚弱、容易捕捉的小动物。这是一个残忍的愿望,不是吗?大自然生存的第一法则就是保护自己,所以,狐狸奶奶和狐狸雷迪不能因为这样的愿望而受到责怪。他们确实非常饿,他们不能像兔子彼得那样啃食树皮,更不能像松鸡太太那样啄食树芽,还不能像森林鼠怀特富特那样吃种子,他们的牙齿和胃不适合那样的食物。

对狐狸奶奶和狐狸雷迪来说,这是一段艰难的旅程。很多地方的积雪又软又厚,为了节省体力,他们不得不寻找那些积雪比较少的地方行走。很快他们就发现,他们的愿望要落空了,因为他们没有发现一个因为太过虚弱而不能逃跑的小动物。当快乐的、圆圆的、红彤彤的太阳公公落到紫山后面，准备上床睡觉的时候，他们的胃仍然空空的，和他们刚出发时一样。

狐狸奶奶说："我们去蔷薇丛那里看看吧。虽然去那里可能没有多大用处，不过，总要亲自试一试才能下结论。兔子彼得那个笨蛋，说不准会出来溜达。"说完，她便在前面带路，径直向蔷薇丛走去。

在蔷薇丛那里，兔子彼得看着蔷薇丛外面的狐狸奶奶和狐狸雷迪，愉快地说道："困难时期，我希望你们的胃不要像我的这样空空荡荡。"说完，从一棵小树上扯下一条树皮开始咀嚼起来。这样的举动超出了狐狸雷迪的承受极限，他实在不能忍受自己的胃饿得疼痛难忍的时候，眼睁睁地看到兔子彼得吃东西。忍无可忍地狐狸雷迪咆哮道："如果我不在乎我的毛皮变成碎片的话，我就要进去捉住你，或者把你赶到我们能捉住的地方。"

兔子彼得停止了咀嚼，坐了起来，挑衅地说："过来呀，狐狸雷迪，如果你想过来就过来啊，不过要小心你的皮毛哟。"

狐狸雷迪的唯一回答，就是边咆哮边在蔷薇丛下使劲儿地往前蹿。当蔷薇藤上的刺撕扯着他的皮毛、刺痛他的脸颊时，虽然他疼得发出了嚎叫，但仍然继续前进。兔子彼得行走的那些小道开辟得非常巧妙，那是他穿过最茂密的蔷薇丛开辟的小道，只能够容下他和彼得太太从中舒适地跳跃前行。对狐狸雷迪来说，他的身体太大了，那些小路太小了，因此，他必须将肚皮紧紧地贴在地上，使劲儿地向前挤。这样一来，狐狸雷迪前行的速度根本快不起来，更别提那些蔷薇刺带给他的痛苦了。对兔子彼得来说，要避开狐狸雷迪毫不费力。过了一会儿，狐狸雷迪便放弃了他那无意义的行为。

狐狸奶奶一句话也没说，等狐狸雷迪退出了蔷薇丛,她就带着他往格林森林走去。他们试图寻找松鸡太太,看她是不是在哪个地方的积雪下面睡觉。可是,搜寻了一整夜之后,他们还是没能找到她,因为松鸡太太明智地选择在一棵云杉树上睡觉。

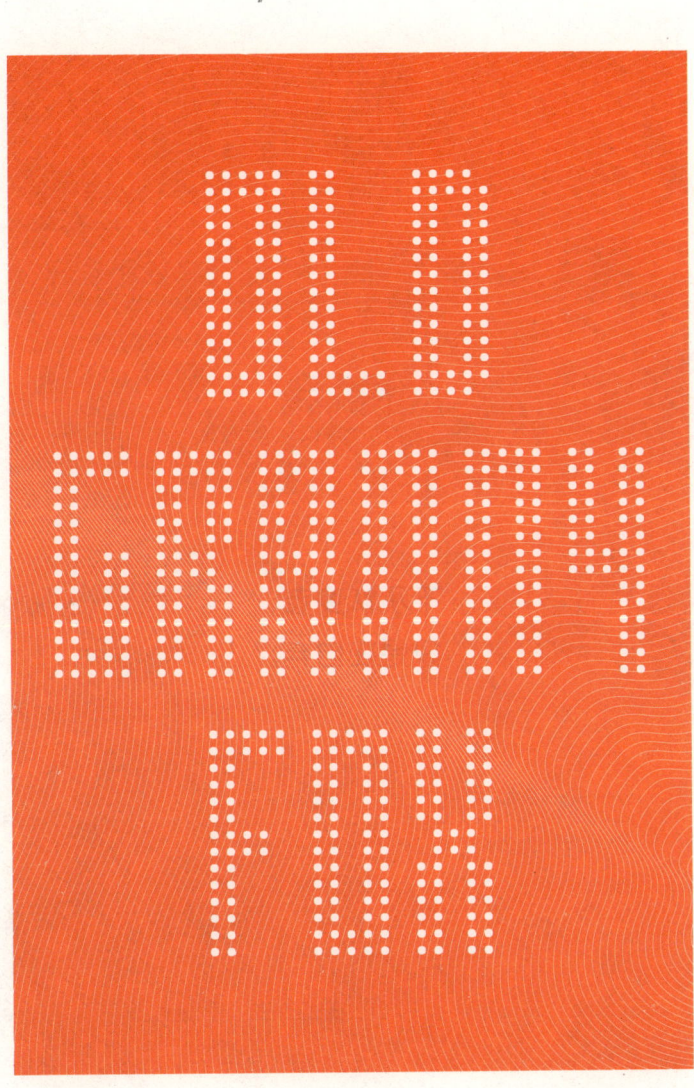

第十三章
狐狸奶奶承认自己越来越老了

不承认变老，
只是在自弃。

狐狸奶奶可以说是一个非常狡猾的老狐狸了，如果你不相信的话，可以去试着捕捉她。当你费尽心机仍然徒劳无功时，便会知道，到了她这个年纪，一个老狐狸究竟有多么狡猾。

狐狸奶奶虽然狡猾，但也大不如前了，因为狐狸奶奶在变老。此前，她不承认这一点，然而暴风雪过后，狐狸雷迪意识到，她真的变老了。

他们一整晚都在辛苦地寻找食物，直到第二天白天，他们依然一无所获。太阳公公升起之前，他们不得不回家休息片刻，为第二轮捕猎做准备。他们既没有力量也没有勇气继续搜寻下去了。在雪地里行走非常艰难且容易疲倦，尤其是饥肠辘辘的时候，在雪地上行走无疑是雪上加霜。食物是力量的源泉，没有食物就没有力量。这就是狐狸奶奶和狐狸雷迪不得不休息的原因，他们很饿，不得不放弃捕猎，休息一会儿。

狐狸雷迪扑倒在地上，呻吟着说："我希望自己死了算了。"

狐狸奶奶严厉地说："呸，呸，呸！这不是一只年轻的狐狸应该说的话！我真替你害臊。"过了一会儿，她和蔼地说："我知道你的感受，现在，试着忘记你空空的胃，休息一会儿吧。我们度过了一个疲惫、失望和沮丧的夜晚。当你休息时，事情看起来就没那么糟糕了。有个古老的谚语说：'不管路有多长，总有尽头；不管乌云来得多快，总会消失。'或许你以为今后再也不会遇到比这更糟糕的事情了，但你会的。在此之前，有很多次，我挨饿的时间比现在还要长呢。我们先休息一会儿，休息好了，就去老牧场。也许那里有好运气在等着我们。"

于是,狐狸雷迪努力忘记自己空空的肚子,踏踏实实地睡起觉来,他实在是太疲倦了。醒来后,他就感觉好多了。他说:"好了,奶奶,我们这就出发去老牧场吧。雪地上已经结冰了,路应该比昨晚要好走些。"

狐狸奶奶站了起来,跟着狐狸雷迪走到了门口。她僵硬地走着,事实上,她浑身上下的每一根老骨头都很疼。在门口,她望了望老牧场的方向,感觉那里遥不可及。狐狸奶奶疲倦地叹了口气,说:"我走不动了,狐狸雷迪,你去吧,愿好运与你一路相随。"

狐狸雷迪扭过头,疑惑地望着狐狸奶奶。他生性多疑,心想:难道奶奶有一个能找到一顿大餐的秘密计划?她想摆脱我?他粗鲁地问:"你怎么了?是你提议去老牧场的啊。"

狐狸奶奶咧嘴笑了一下,不过这是一个悲伤的笑。

她非常精明,当然清楚狐狸雷迪在想什么。缓了口气之后,她说:"老骨头不比年轻人呀。你休息和恢复得很快,但我感觉自己已经没有力气走到那里了。狐狸雷迪,我已经老了,我要待在这里休息一会儿。也许今晚,我就能出去捕猎了。你现在快点儿出发吧,如果你幸运地找到了食物,而且在吃饱后还有剩余,如果你还记得你的老奶奶的话,就给她带来一小口吧。"

感受着狐狸奶奶这种说话的方式,狐狸雷迪意识到她说的是肺腑之言,这是她第一次承认自己老了,体力已经跟不上了。在此之前,狐狸雷迪从没有注意到,她的毛色已经变得如此灰白了。一丝羞愧的感觉爬上了狐狸雷迪的心头,刚才,他竟然怀疑狐狸奶奶在耍花招,这真是令人汗颜呀。一个绝妙的想法随即冒了出来,狐狸雷迪决定,他要出去找一些食物,并把食物带回来给狐狸奶奶。小的时候,一直是狐狸奶奶在照顾他,现在,是他回报狐狸奶奶的时候了,他要在她年老的时候,好好照顾她。

他体贴地说:"奶奶,您先回家吧,我去找食物。不管是什么,都会有您的一份。"说完,他朝着老牧场跑去。这次不知怎么的,他没有像之前那样介意隐隐作疼的胃。

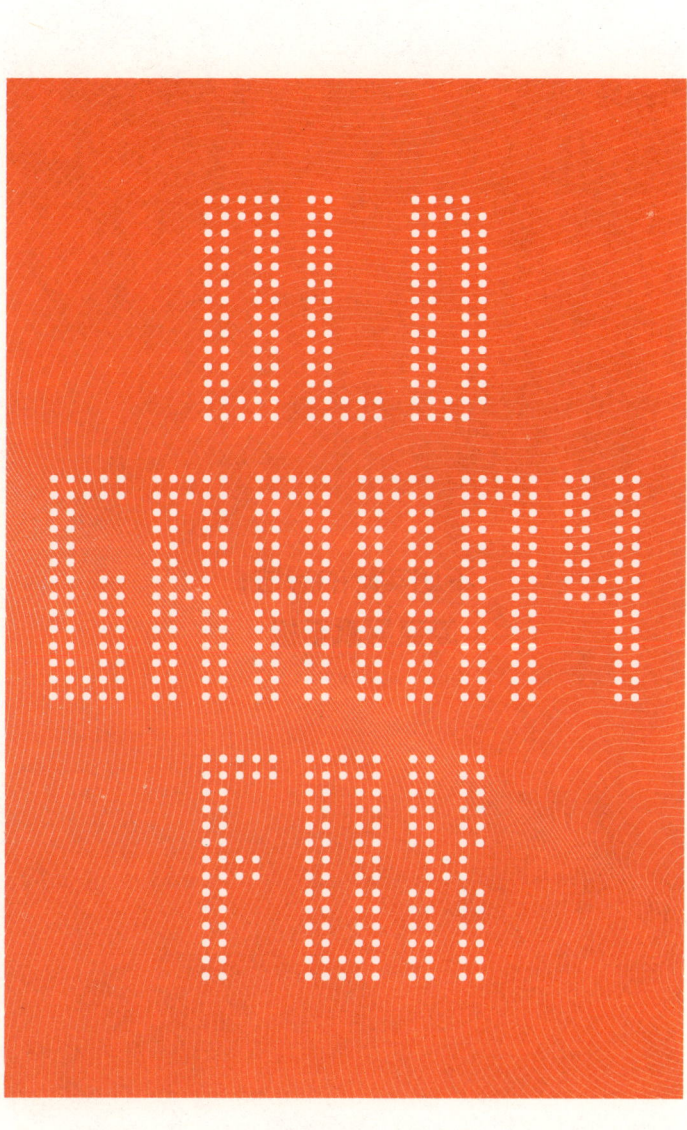

第十四章
三个既无用又愚蠢的愿望

不切实际的想法，
简直愚蠢至极。

渴望永远也得不到的东西，既愚蠢又无用。然而，我们偶尔还是会产生幻想。兔子彼得经常干这样的事，不过事后，他会觉得那时的自己非常可笑。一向精明睿智的狐狸奶奶应该也不止一次地犯过此类错误，所以在饥饿难耐的情形下，狐狸雷迪产生一些愚蠢的小愿望，也就不足为奇了。

当他离开家去老牧场时，希望自己能在那里找到一些吃的东西。虽然天气非常寒冷，只要他一直活动，他的皮毛外套就可以让身体保持温暖。格林牧场上覆盖着厚厚的积雪，狐狸雷迪所熟悉的一切都变成了白色的世界，在阳光的照射下闪烁着白色的光芒，真是一番美丽的景象啊。但狐狸雷迪无暇欣赏美景，他心中唯一的想法就是为奶奶和自己找些食物。

冰霜杰克已经将积雪变成了硬硬的冰，狐狸雷迪无需再艰难地踩着积雪前行了，他可以在冰上奔跑了。这样一来，事情就变得容易多了。原本，他打算直接去老牧场的，但突然想起来，在老果园的一个遥远角落里，农夫布朗的儿子为山齿鹑怀特搭了一个避难所。说不准，山齿鹑怀特一家都在那里呢，或许他可以去看看。狐狸雷迪停下了脚步，小心翼翼地环顾四周，确保农夫布朗的儿子和猎犬鲍泽都不在附近。然后，他迅速地向老果园跑去。

当他进入老果园时，一个欢快的声音在他的头顶响起："叽，叽，叽！"狐狸雷迪停了下来，抬头望去，原来是山雀汤米。一棵树的树枝上紧紧地绑着一大块新鲜的牛脂，山雀汤米正紧紧地贴在上面。狐狸雷迪坐在那块牛脂的正下方，抬起头，馋涎欲滴地望着它。"我真希望自己能爬树。"狐狸雷迪说。可是,他不会爬树,他清楚地知道这一点。过了一会儿,他便继续前行了。

狐狸雷迪靠近老果园那个偏远的角落时,看到山齿鹑怀特和他的太太以及他所有的孩子都在那里捡粮食吃,那些粮食是农夫布朗的儿子给他们准备的,就放在为他们搭建的避难所的前面。狐狸雷迪慢慢地蹲伏下来,一点点地向前爬去,他的眼睛里闪烁着渴望的光芒。就在他进入一跃就能捉住他们的距离时,山齿鹑怀特发出了一个信号,一瞬间,山齿鹑怀特一家便飞到了格林森林边上的一棵铁杉树上。

愤怒和失望的泪水从狐狸雷迪的眼睛里涌了出来。当他望着这群灰色的鸟消失在那棵大铁杉树上时,喃喃自语道:"我真希望自己可以飞。"这个愿望和上一个愿望一样愚蠢。狐狸雷迪小跑着继续前进,他决定去微笑池塘看看。

当他到那里的时候，发现微笑池塘的水面已经结冰了。不过，就在哈哈溪汇入微笑池塘的地方，依然有一小块没有结冰的水域，水貂比利站在它边缘的冰面上。当狐狸雷迪到达那里的时候，水貂比利头朝下地跳入了水中，一分钟后叼着一条鱼爬了出来。

狐狸雷迪乞求道："给我一口吧。"

水貂比利回嘴道："想吃就自己去抓，为了抓到它，我可是费了好大的工夫的。"

狐狸雷迪不敢到水貂比利坐着的那块冰上去。他坐在原地，看着水貂比利一口一口地吃完了那条美味的鱼。吃完鱼肉后，水貂比利又跳入水中，转眼便消失了。狐狸雷迪等了很长时间，水貂比利也没有再次出现。

想到冰下面那些美味的鱼，狐狸雷迪吞了一下口水，说："我真希望自己会潜水。"这个愿望和前两个愿望一样不切实际。

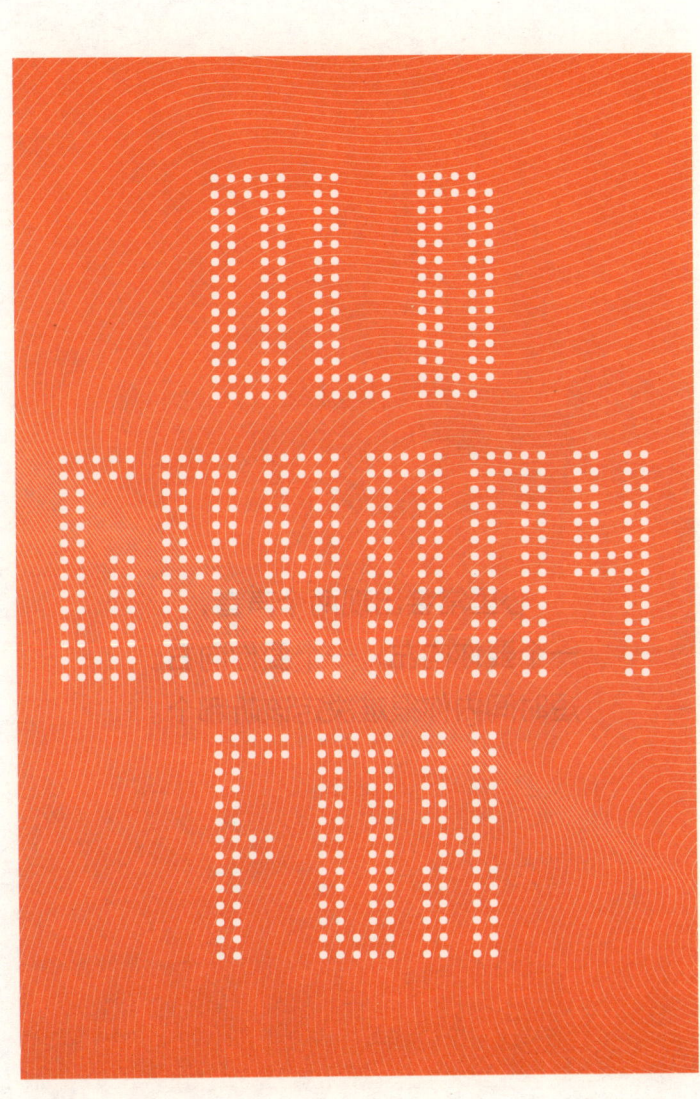

第十五章
狐狸雷迪展开了激烈的
思想斗争

心里常会出现两个声音，
一个要你向左，一个要你向右。
短时间内你很难决定该听哪个。

说完第三个愚蠢的愿望之后,狐狸雷迪离开了微笑池塘,径直向老牧场走去。这是他本来要去的第一个地方。

现在,他真希望自己一开始就直奔这里,那样的话,就不会看到老果园里那块绑到树枝上的牛脂了,也不会在他几乎确信能捉住一只山齿鹑的时候,眼睁睁地看着他们一家飞到了安全的地方,更不会傻傻地看着水貂比利从水里叼出来一条美味的鱼,还在他的面前吃掉它。因为缺少食物而忍饥挨饿已经够惨了,饥肠辘辘的狐狸雷迪虽然看到了食物却够不着,闻到了食物的味道却吃不到,这足以让大多数人发疯。

当狐狸雷迪匆匆忙忙地赶往老牧场的时候，他牢骚满腹地抱怨着，心中充满了怨恨，似乎所有的事情都在和他作对。他的邻居们有食物，他却没有，连一点儿食物碎屑都没有，这不公平，大自然母亲有失公正。如果他会爬树的话，他就能得到食物；如果他会飞的话，他就能得到食物；如果他会潜水的话，他也能得到食物。可是，他既不会爬树，也不会飞，更不会潜水。

然而他没有停下来想一想，大自然母亲给了他聪明的脑袋和灵敏的感官——他有灵敏的鼻子、敏锐的耳朵，以及极少有人能超越的奔跑速度。在整个格林森林或者格林牧场中，他的这些特点几乎无人能敌。狐狸雷迪全然忘记了这些，他只顾着怨恨他没得到的东西，以至于当他到达老牧场的时候，忘记了使用他的智慧、灵敏的鼻子和敏锐的耳朵。

结果就是，狐狸雷迪从老杰德身边经过，却对他视而不见。老杰德是一只大灰兔,正屏住呼吸坐在一小簇灌木后面。在看到狐狸雷迪从他面前走过之后,老杰德就拼命地向他的荆棘城堡跑去。直到那时,狐狸雷迪才发现他。狐狸雷迪开始追赶并充分利用了自己的速度,但为时已晚,老杰德先于狐狸雷迪两步到达了他的城堡。狐狸雷迪知道,今天不可能捉住老杰德了。

接下来的一瞬间,狐狸雷迪又变回了那个机灵、聪明的样子,这才是真实的他。他咧嘴笑了:"试图用那些愿望填饱空空的肚子是没用的,如果我径直来这里,专注于我自己的事情的话,现在我已经捉住老杰德了。好了,我要继续去寻找食物了,不找到食物我绝不回家。"

狐狸雷迪明智地把那些不愉快的想法抛诸脑后,开始运用他的智慧、眼睛、耳朵和鼻子了,这些都是大自然母亲对他的恩赐。他穿梭在老牧场上,小心地到处查看,不放过任何一个地方,即使那里发现食物的机会很渺茫。最后,狐狸雷迪不得不强压住心里的失望,说:"现在去大河。"

当他到达大河边上时,开始沿着河岸奔跑,径直来到了一个地方。那个地方水流湍急、很少结冰。像他希望的那样,那里果真没有结冰,不过,那里的河水看起来非常冷,一看到它,狐狸雷迪就打了个寒颤。他边跑边在地上嗅来嗅去。突然,他停了下来,嗅了一下,紧接着又嗅了一下,然后跟着气味径直走向大河的边缘。就在那里,在黑色的水里,漂着一条死鱼,只要涉水而行,他就能得到它了。狐狸雷迪碰了一下冰冷的河水,又打了个寒颤。相比之下,把脚弄湿总比饿着肚子强吧,很快他就用嘴叼着那条死鱼回到了岸上。

这条鱼不是很大,但它可以暂时填补一下空空的胃,支撑他找到更多的食物。他高兴地叹了口气,用牙齿扎入了鱼肉中。哎呀,他想起了可怜的狐狸奶奶。狐狸雷迪吞下了一大口鱼肉,试图忘记狐狸奶奶,但他不能。

他又吞下了一大口鱼肉,可一想到可怜的狐狸奶奶还在家里等着他,她和他一样饥肠辘辘,由于年迈和疲倦,她不能出来捕猎,狐狸雷迪噎住了,心里展开了激烈的斗争。他的胃想要那条死鱼,即使他现在吃了这条死鱼,也没有人会知道,然而狐狸奶奶比他更需要鱼。经过了很长时间的思想斗争后,狐狸雷迪用嘴叼起了那条死鱼,快速地往家跑去。

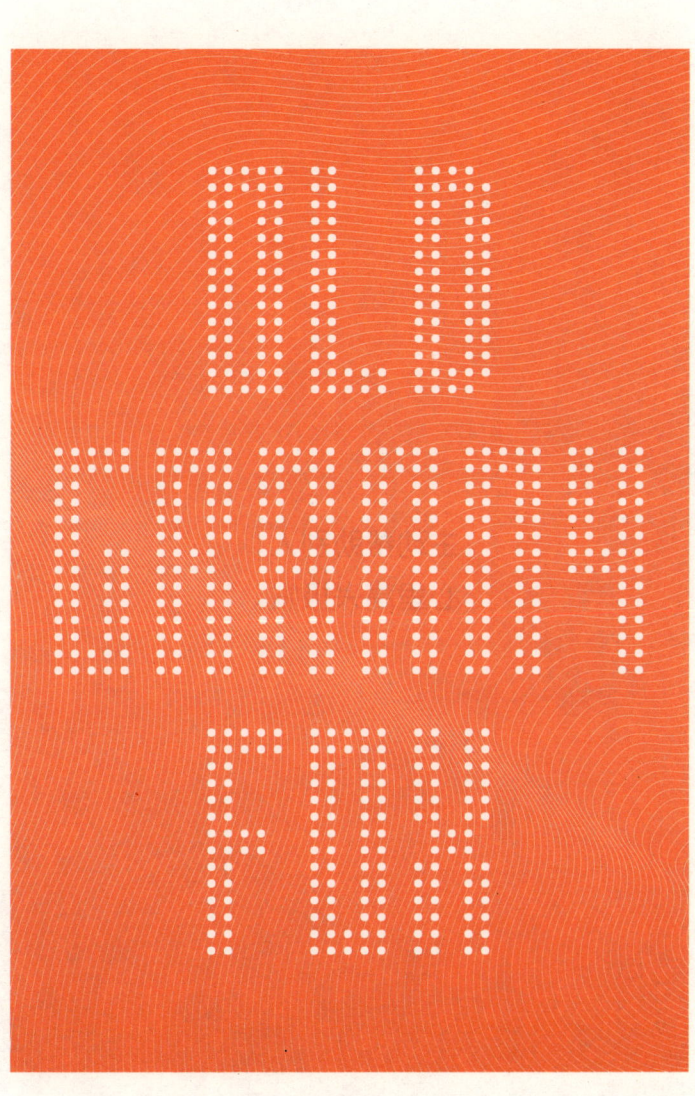

第十六章
狐狸雷迪发自内心的高兴

主动帮助别人，
心里高兴极啦。

狐狸奶奶

狐狸雷迪衔着死鱼,从大河出发,一路狂奔,快速地向家里赶去。

在吃不吃这条鱼这件事上,狐狸雷迪经过了激烈的思想斗争。现在,他正在摆脱那个贪婪的自己,这听起来非常不可思议,是不是?然而事实就是如此。狐狸雷迪战胜了之前的自己。他觉得,如果他不能尽快把这条鱼带回家给狐狸奶奶,他就会忍不住把这条鱼全都吃掉,所以他拼尽全力地奔跑。

狐狸奶奶正躺在门阶上等着他。当狐狸奶奶看到雷迪和他带着的食物时,眼里迸发出了光芒。

因为一路狂奔,狐狸雷迪已经快喘不上气来了。

他一边将那条鱼放到狐狸奶奶的脚边,一边气喘吁吁地说:"奶奶,我给您带了一点儿吃的东西,虽然不是很多,但这是我能为您找到的所有食物了。"

狐狸奶奶看了看那条鱼,又仔细地看了看狐狸雷迪,她那敏锐的黄色眼睛里升起了一丝温柔。她轻柔地问雷迪:"你吃东西了吗?"

狐狸雷迪扭过头,不让狐狸奶奶看到他的脸,然后轻描淡写地说:"哦,我吃了一些东西。"这的确是实话,因为他在那条鱼上咬了两口。

狐狸奶奶是何等的精明、睿智,狐狸雷迪的一举一动都逃不过她的眼睛。于是,她咬了两小口鱼肉,然后说:"好了,我们把它分了吧。"说完,狐狸奶奶便把剩下的鱼肉咬成了两半。一眨眼的工夫,她吞下了较小的那一部分。虽然她已经饿得前胸贴后背了,还是将剩下的那一半鱼肉推给了狐狸雷迪。

狐狸雷迪打算拒绝狐狸奶奶的好意,他说:"这一整条鱼都是给您的。"

奶奶回答道："我知道，狐狸雷迪，你给我带来了它，而你只吃了两小口，你骗不了我的。这条鱼对我们俩来说都称不上一顿美餐，但它足以给我们一点儿希望，让我们不被饿死。好了，你听我的，快把你的这一份吃了。"虽然狐狸奶奶最后的话说得很坚决，但声音听起来特别温柔。狐狸雷迪看了狐狸奶奶一眼，没有再说话，而是狼吞虎咽地吃下了那一小块鱼肉。

看着狐狸雷迪吃东西，狐狸奶奶说："这就对了，我们都感觉好点儿了。胃里有了东西之后，我感觉自己年轻了两岁。在你回来之前，我感觉自己可能永远都不能再出去捕猎了。如果你不给我带来食物，我……我怕是撑不了多久了。再过一天，也许你就再也见不到你的奶奶了。也许你还不知道，狐狸雷迪，是你救了我的命。如果我再不吃一点儿食物的话，我就会垮掉的。有些时候，正如此时，一点点食物便可以救人一命。"

在狐狸雷迪的一生中,从没有像现在这样发自内心地高兴过。虽然他仍然很饿,非常非常饿,但他并未将此放在心上。他救了狐狸奶奶,救了这个教会了他一切的好奶奶。他明白,狐狸奶奶肯定知道他是经过了激烈的思想斗争的。狐狸雷迪很高兴,这是他帮助他人后获得的快乐。他小声地说:"这没什么。"

但狐狸奶奶却坚定地回答道:"不,这非常了不起。"

突然,狐狸奶奶改变了话题,问:"你想不想吃猎犬鲍泽的晚餐?"

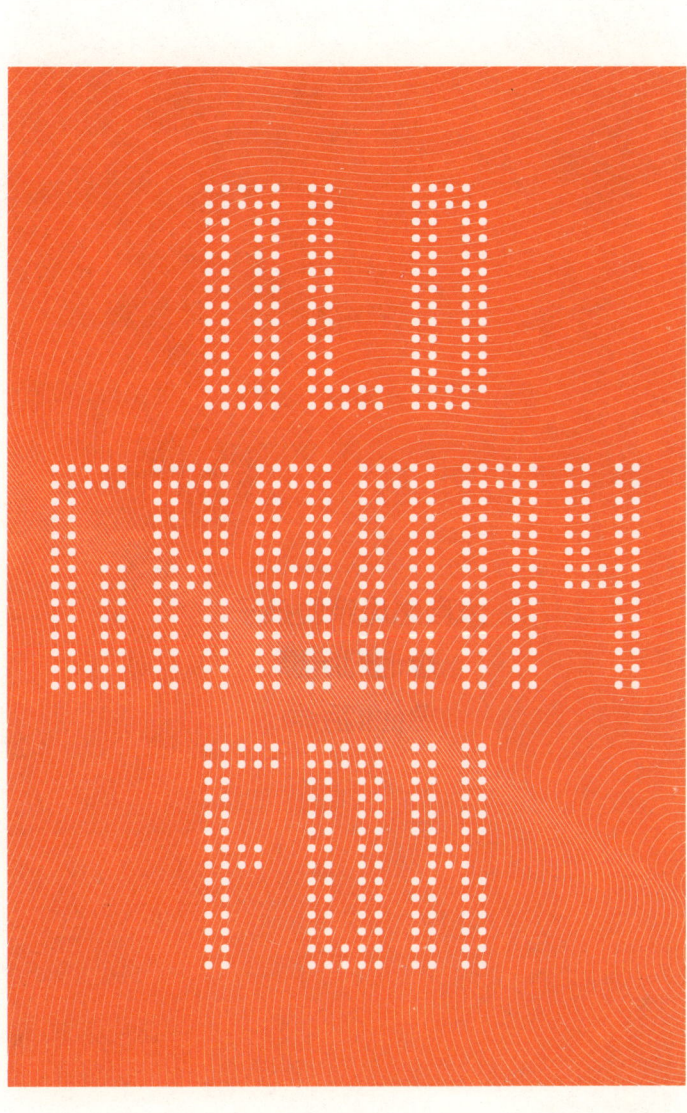

第十七章
狐狸奶奶承诺让狐狸雷迪
吃到猎犬鲍泽的晚餐

大自然母亲爱孩子,
　　想他们所想,
　　急他们所急。

狐狸奶奶问狐狸雷迪想不想吃猎犬鲍泽的晚餐时，狐狸雷迪认真地看着她，想从她的神态来确定她是否在开玩笑。尽管这听起来的确像玩笑，但狐狸奶奶看起来非常冷静、认真。

"我当然想了，奶奶。哇，那真是太好了！可是，你……你不会以为他会把自己的晚餐送给我们吧？"

狐狸奶奶咯咯地笑了，她说："当然不会了，狐狸雷迪，猎犬鲍泽才没那么大方呢，特别是对我们狐狸。虽然他不会将他的晚餐拱手送给我们，但我们可以从他的身边拿走它啊，而且我们能够轻而易举地做到这件事。"

从猎犬鲍泽那里拿走他的晚餐,狐狸雷迪觉得这简直不可思议。对他来说,这几乎和让他爬树、飞行或者潜水一样,都是不可能的事情,但他对狐狸奶奶的睿智充满信心。他知道,狐狸奶奶那精明的脑袋没有一刻是闲着的,她的智慧与日俱增,他也知道,她一直在学习,学习可以找到食物的办法。所以,就算狐狸奶奶告诉他,她能给他摘下天上的月亮,他也相信。

狐狸雷迪说:"如果你说我们可以从猎犬鲍泽那里拿走他的晚餐的话,那么我认为我们就可以做到,尽管我还不知道该怎么做。但如果可以的话,我们马上动身吧,我都快要饿死了。为了填饱我的肚子,我什么都不怕。刚才我们分吃的那一丁点儿鱼肉,对我那空空的肚子而言,就像一滴水落入了大海。天啊,那么小的鱼,我能吃一百万条。你没想过农夫布朗家的母鸡吗,奶奶?"

狐狸奶奶回答道："当然想过啦，狐狸雷迪，我当然想过吃母鸡！然而不到万不得已的情况，我们还是不要打她们的主意了吧。"

狐狸雷迪叹了口气，插嘴道："我现在就想去。"

狐狸奶奶继续说："你记得我和你说过，要想惹麻烦就去偷母鸡。我现在的身子骨可受不了猎犬鲍泽的追逐，如果我们直接跑回家的话，我们的住处就暴露了，那时，我们也许会被烟熏出去的，我们的死期也就到了。另外，在这个季节，我们很难捉住母鸡，因为她们都待在鸡舍里。晚上，我们根本没有办法进到里面去，白天虽然有机会，但直接走进去的可能性依然为零。相比之下，我觉得，还是拿走猎犬鲍泽的晚餐这个主意比较稳妥。首先，如果我们小心一点的话，除了猎犬鲍泽外没人知道这件事。只要他被铁链拴住，我们也没什么好担心的。其次，他屡次破坏我们捉住一只肥美母鸡的机会，还经常追赶我们，这次我们可以好好地享受报复他的乐趣了。与其去捉一只没有把握得到的母鸡，不如想办法得到猎犬鲍泽的晚餐，那样更容易也更安全。"

狐狸雷迪说："就听你的，奶奶，就听你的，你肯定是对的。但我们究竟要怎么做呢，这我还真想不出来。"

狐狸奶奶回答道："这非常简单，确实非常简单。大多数事情都是这个道理，当你知道怎么做的时候，它就变得极其容易了。我们两个中的任何一个都不可能独立完成这件事，但如果我们一起行动的话，这件事就轻而易举了。"

狐狸奶奶走到狐狸雷迪跟前，对着他耳语了几句，尽管这里连个鬼影子都没有，但狐狸奶奶还是格外谨慎。听着听着，一丝微笑出现在狐狸雷迪的脸上。他钦佩地喊道："奶奶，您真神了！我是绝对不会想到这样的计划的。我们当然要做这件事。我的天啊，如果猎犬鲍泽发现自己的晚餐不见了,他该有多么吃惊呀。他肯定要要疯了吧。快点儿,我们现在出发吧!"

"好的。"狐狸奶奶说完,他们便向农夫布朗的家走去。

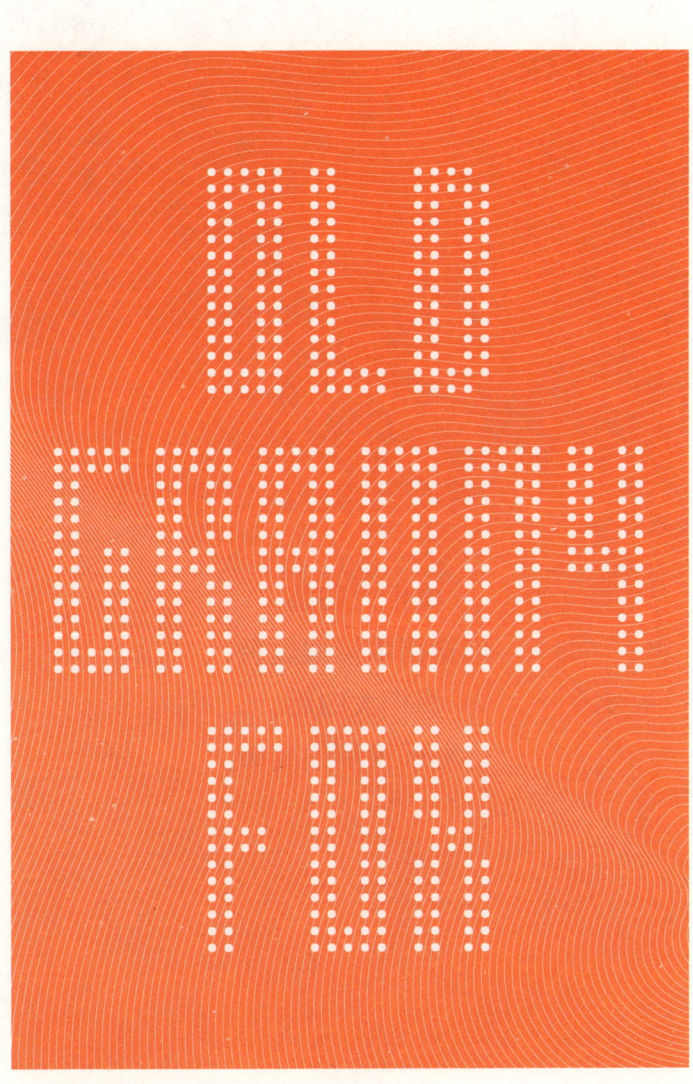

第十八章
为什么猎犬鲍泽
没有吃到自己的晚餐

真相大白前,
你觉得事情很复杂,
真相大白后,
你发现事情很简单。

猎犬鲍泽酷爱打猎，不过，他并不是很想杀死他的猎物，他这么做纯粹是为了享受使用他那灵敏鼻子发现猎物、追逐猎物的乐趣，以及设法捉住某个猎物，特别是捉住狐狸奶奶或者狐狸雷迪时的兴奋感。

农夫布朗的儿子已经收起了可怕的猎枪，因为他不想再杀死格林森林和格林牧场中的小动物了。他想要和他们做朋友，因此，猎犬鲍泽也就失去了令他热血沸腾的打猎生活。过去，他常常跟随着农夫布朗的儿子去打猎，他非常享受那种生活。

有时候，猎犬鲍泽会自己偷偷地溜出去捕猎，当农夫布朗的儿子发现这一情况后，便用一根铁链将猎犬鲍泽拴在了他的小屋里。当然了,猎犬鲍泽不会一直被拴着,只要农夫布朗的儿子在附近,或者在他的视野范围内,他就会放开猎犬鲍泽。不过,当他出门且不想带着猎犬鲍泽的时候,他就会再次把鲍泽拴起来。

一天中,猎犬鲍泽常常会有一顿美味的大餐,偶尔也会吃一些残杯冷炙或一根骨头。他的这顿大餐被装在一口大锡锅里,如果那时他刚好被拴着的话,那口大锡锅就会放到他的面前;如果他没有被拴着的话,那口大锡锅就会放在厨房门口。

狐狸奶奶对这一切了如指掌。狡猾的狐狸奶奶把了解附近其他人的事情当作必备功课,因为说不准什么时候,这些知识就可以为她所用了。于是,当猎犬鲍泽和他的主人完全没有注意到她在附近的时候,她就已经密切地关注着猎犬鲍泽了。她了解猎犬鲍泽的活动轨迹、晚餐的时间以及铁链允许他活动的范围。

这些存储在她那精明脑袋里的知识，让她十分确定她和狐狸雷迪可以轻松地拿走鲍泽的晚餐。

大约到了鲍泽吃晚餐的时间了，狐狸雷迪和狐狸奶奶小跑着穿过白雪皑皑的田野，在谷仓后面偷偷地爬着，爬到了一个拐角处，在那里偷窥着四周。四下无人，甚至连猎犬鲍泽的踪影也没有。猎犬鲍泽温暖的小屋在农夫布朗的住房后面，在一个长棚屋的尽头，此时猎犬鲍泽正躺在里面休息呢。看到他依然被拴着，狐狸奶奶脸上露出了一丝狡黠的微笑。

她对狐狸雷迪说："你在原地等着，看着，直到猎犬鲍泽的晚餐端到他的面前为止。只要给他端来食物的那个人回到屋里，你就立刻走到猎犬鲍泽能看到你的地方。一看到你，他就会全然忘记他的晚餐。那时，你就在他能看到你的地方坐着，一直等到你看到我拿走了他的那顿晚餐。之后，你再偷偷地溜到谷仓后面，与我在那个棚子后面会合。当然了，看到你之后，猎犬鲍泽肯定会大声地咆哮,因此,如果你听到有人类即将出现的动静,要快速藏好。"

说完这些话,狐狸奶奶便离开了,狐狸雷迪依然坐在那里看着。没过多久,布朗太太从屋里走了出来,手里端着满满一锅美味。她将锅放到了猎犬鲍泽的小屋前,呼唤了一声猎犬鲍泽。天气非常寒冷,她转过身,急急忙忙地回屋子里去了。

猎犬鲍泽走出了他的小屋,慵懒地伸着懒腰,低声地吠叫着。现在,该是狐狸雷迪出场的时候了。他肆无忌惮地出现在了猎犬鲍泽的视线之中,咧开嘴对着他笑起来。猎犬鲍泽愣愣地看了一分钟,好像在怀疑自己的眼睛,不敢相信狐狸雷迪居然如此大胆、如此厚颜无耻!猎犬鲍泽咆哮起来,伴随着一阵狂吠冲向狐狸雷迪。

虽然拴着猎犬鲍泽的那根链子很长,但狐狸雷迪比较小心,没有靠得太近。猎犬鲍泽当然够不着他了。

猎犬鲍泽拼命地拖拽着锁链，疯狂地吠叫，但狐狸雷迪就坐在那里，挑衅般地笑着。雷迪觉得，像这样戏弄猎犬鲍泽真是太有趣了。

与此同时，狐狸奶奶从猎犬鲍泽后面的那个棚子的拐角处偷偷溜了出来，用牙齿咬住那个锅的边缘，拉着它绕过拐角就消失了。狐狸奶奶发出的声音，猎犬鲍泽根本听不到，他自己制造的噪声实在是太大了，他太兴奋了。

过了一会儿，狐狸雷迪听到了开门声，是布朗太太出来查看究竟了。于是，狐狸雷迪闪电般地冲到了谷仓后面。当布朗太太出来之后，只看到猎犬鲍泽一边兴奋地呜咽和吠叫，一边拖拽着锁链。布朗太太说："我猜猎犬鲍泽可能看到了一只流浪猫吧。"她转身回到了屋里。猎犬鲍泽继续呜咽和吠叫，继续拖拽着锁链。几分钟后，他停了下来，低声地呜咽着，转身去吃他的晚餐。可是，他的晚餐不见了！消失了，连锅都不见了！猎犬鲍泽百思不得其解。

　　狐狸奶奶和狐狸雷迪躲在棚子后面，将锅里的东西吃了个精光。他们满足地叹着气，间或咯咯地笑两声，然后高兴地跑回了家。

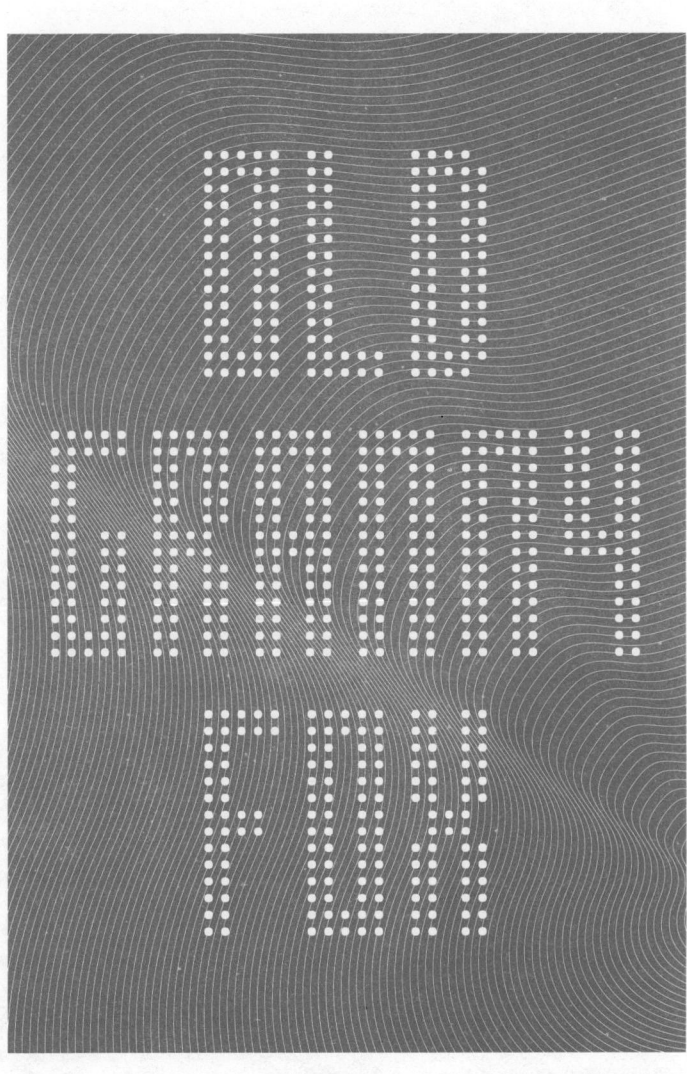

第十九章
老郊狼有一个小想法

真正的知识,
　源自调查。

狐狸奶奶从猎犬鲍泽那里偷来的这顿晚餐,是狐狸雷迪这辈子吃过的最美味的一顿饭了。对狐狸雷迪来说,令这顿饭尝起来更加美味的原因在于他们是从猎犬鲍泽的鼻子底下偷到的。一想到这件事,狐狸雷迪就乐不可支,他觉得这顿晚餐就是为他和狐狸奶奶准备的。

　　吃完这顿美味的晚餐后,狐狸雷迪和狐狸奶奶感觉好多了。他们似乎觉得,他们生活的这个世界不再是一个既寒冷又残酷的地方了。的确是这样的,对于同一件事情,你空着肚子看待它和饱着肚子看待它的结果是完全不同的。

最令他们开心的是，如果需要，他们还可以再施展这个绝妙的计谋——从猎犬鲍泽那里偷晚餐。知道自己的食物有了着落是一种令人欣慰的事，在冬季，狐狸奶奶和狐狸雷迪以及格林牧场和格林森林里的其他小动物们很少有这样的感觉。通常情况下，他们都是吃了这一顿，不知道下一顿在哪里。你是否愿意过这样的生活呢？

第二天，在猎犬鲍泽的晚餐时间，狐狸奶奶和狐狸雷迪又来到了农夫布朗的家里。但这一次，农夫布朗的儿子在谷仓附近工作，猎犬鲍泽并没有被拴起来，因此，狐狸奶奶和狐狸雷迪像来时一样悄无声息地溜走了。

第三天，他们发现猎犬鲍泽又被拴住了，于是再次把他的晚餐偷走了。当听到猎犬鲍泽因为发现晚餐不见而发出惊讶和沮丧的呜咽声时，他们大笑着离开了。离开时，他们笑得双颊都疼了，因为从猎犬鲍泽发出的声音中听出，他根本不知道发生了什么事情，根本不知道自己的晚餐为何又不见了。

这些日子，老郊狼也在白雪覆盖的格林牧场和老牧场中游荡，在格林森林里穿梭。他非常饿，饿得脑袋里都没有别的想法了。当然了，老郊狼非常聪明，在那段时间里，他找到了一些可以让他活下去食物，但那些食物并不多，根本不能给他那种饱腹的舒适感。

在寻找食物的过程中，他经常看到狐狸奶奶和狐狸雷迪的脚印，偶尔也会遇到他们。让老郊狼惊讶的是，他们看起来似乎不像他这么瘦，这让他动起了脑子。老郊狼知道，就捕猎能力而言，狐狸奶奶和狐狸雷迪都不如他。事实上，他常常以比他们聪明而自豪。然而，当他遇到他们的时候，他发现，他们精神抖擞，好像一点儿都不为食物担心。在这个食物非常匮乏的季节，他们这样的表情显得非同寻常。为什么呢？只有一个原因，那就是他们肯定可以得到一些他不知道的食物。老郊狼喃喃自语道:"看来我要密切地关注一下他们了。"

狡猾的老郊狼巧妙地跟随着狐狸奶奶和狐狸雷迪,不让他们猜到他在做什么。就这样,他跟着他们在格林森林和格林牧场中游荡了一整晚,最后亲眼看到他们回了家。令老郊狼奇怪的是,他们并没有因为自己什么都没抓住而担忧。

看到他们回家后,老郊狼也跑回了自己的家中,准备在家里好好思考一下其中的原因。老郊狼喃喃自语道:"他们一定在某个地方得到了食物。"说着,他挠了挠自己的耳朵。不知何故,当他挠自己耳朵的时候,可以更好地思考。

"今天夜里,狐狸奶奶和狐狸雷迪没有找到一丁点儿东西,如果他们的食物不是在夜里得到的话,那么他们肯定是在白天得到的。我也经常在白天捕猎,可是在格林森林里却没有遇到过他们,在格林牧场或者老牧场中，也从没有看见过他们。他们是不是在偷农夫布朗家的母鸡，并且还未被发现呢。我一直不敢靠近那里，不过，如果他们可以做到偷母鸡不被捉住的话，我肯定也可以。迄今为止，在某件事情上，还没有哪一只狐狸比一只狼聪明呢。嗯，看来，我也要溜到一个能看到农夫布朗家的地方，去看看到底发生了什么。没错，就这么定了。"

说完这个，老郊狼咧开嘴笑了笑，接着，非常困倦的他蜷缩起身体，准备先打个小盹儿。

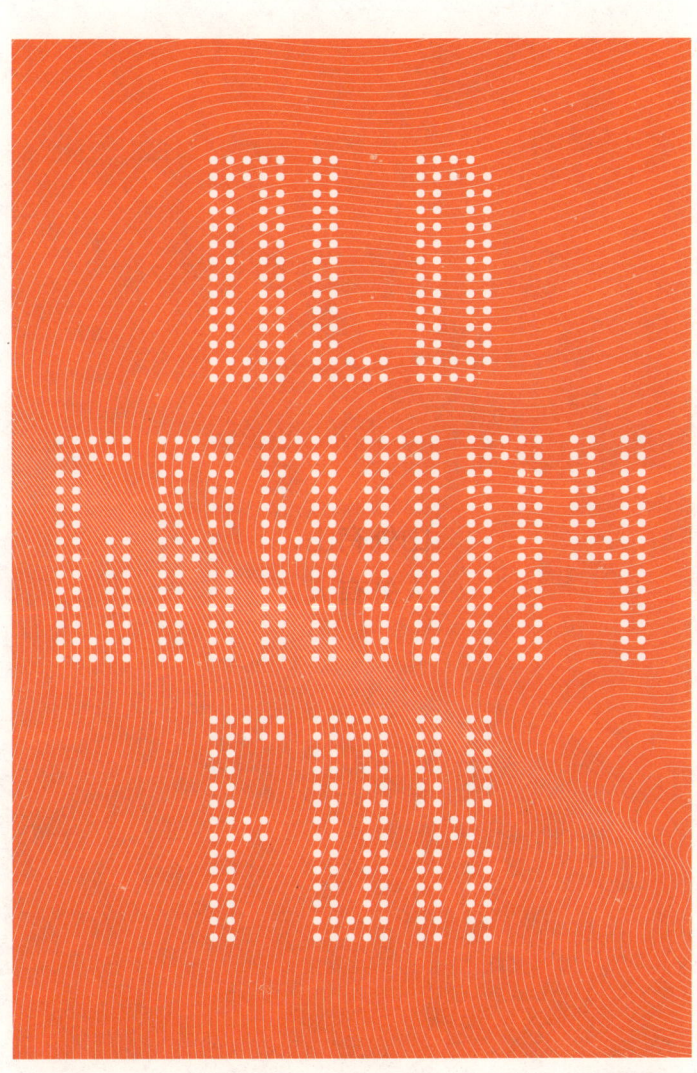

第二十章
被偷了两次的晚餐

山外有山,
人外有人。

格林森林走来了三个无赖,那两个穿红色衣服的是狐狸奶奶和狐狸雷迪,那个穿灰色衣服的是老郊狼。他们三个可是整个格林牧场,抑或是整个格林森林里最狡猾、最聪明的无赖了。他们三人出发准备去偷同一顿晚餐,但有趣的是,他们不是打算从同一个人那里偷,其中一个甚至不知道那顿晚餐在哪里或者是什么。

老郊狼决定搞清楚狐狸奶奶和狐狸雷迪找到了什么吃的,以及在哪里找到的。他十分肯定狐狸雷迪和狐狸奶奶是从农夫布朗家获得的食物,所以他提前藏在了一个地方。在那里,他能清楚地看到农夫布朗家附近发生的一切。他刚藏好,狐狸奶奶和狐狸雷迪就经过了他的藏身之处,当然了,因为老郊狼非常小心,藏得很隐蔽,所以他们没有发现他。其实,他们压根儿就没有想到老郊狼会在那里,他们一门心思地想着猎犬鲍泽的那顿晚餐,以及怎么把它弄到手。

狐狸奶奶和狐狸雷迪偷偷地溜到了谷仓后面,准备再次施展之前那个曾大获全胜的花招。老郊狼蹑手蹑脚地跟在他们后面,他看到,狐狸雷迪趴到谷仓的一个拐角处,在那里偷偷地看着猎犬鲍泽,而狐狸奶奶则匆匆忙忙地离开了。

老郊狼的脑子飞快地转动起来,心想:"我一个人不可能同时盯着两个地方,所以,我不可能同时监视狐狸奶奶和狐狸雷迪。我必须做出选择,应该选谁呢?当然是狐狸奶奶啦,她是他们中最聪明的,不管他们干什么,她总是最重要的一环,因此,我要跟着狐狸奶奶 。"

狡猾的老郊狼像一个灰色的影子一样偷偷地跟着狐狸奶奶。他看到，她藏在一个棚子的拐角处，而那个棚子的另一头就是猎犬鲍泽的小屋。他尽量靠近她，然后趴在那个棚子附近的一小堆干草后面，偷偷地看着狐狸奶奶。过了一段时间里，什么事情都没有发生，这让老郊狼非常困惑。

每过一会儿，狐狸奶奶就会四处看看，确认没有任何危险靠近她，不过，她还是没有发现老郊狼。似乎过了很长一段时间，老郊狼听到棚子的另一侧有开门的声音。从这个声音判断，他知道，有人从房子里出来了，这让他十分紧张，因为他并不想在大白天如此靠近农夫布朗的家，但他依然密切地注视着狐狸奶奶。他看到，她的耳朵竖了起来，这说明她一直在等待这一刻的到来。

狡猾的他在心里盘算着："如果她都不怕，我怕什么。"不一会儿，他听到了关门声，那个人已经回到屋里了。几乎与此同时,猎犬鲍泽开始吠叫起来,狐狸奶奶迅速地消失在那个棚子的拐角处。老郊狼迅速地跑过去,从那个拐角处窥视着外面。他看到,猎犬鲍泽正拖拽着自己的锁链,在鲍泽够不着的地方,狐狸雷迪肆无忌惮地坐着,还露出挑衅般的微笑,而狐狸奶奶正拖着猎犬鲍泽的晚餐往后退。

老郊狼马上明白了这个计划,它实在是太巧妙了,他几乎笑出声来。他急忙退到棚子后面,耐心地等待着。一会儿,狐狸奶奶拖着猎犬鲍泽的晚餐出现了。她是如此地专注于那顿晚餐,以至于差点儿撞上了老郊狼。实际上,她根本没有想到他在那里。

就在此时,老郊狼在狐狸奶奶的耳边咆哮道:"谢谢你啦,狐狸老太太,你不用再为它操心了,把它给我吧。"

听到老郊狼的声音,狐狸奶奶赶紧丢下那顿晚餐跳到一边,好像被它烫到了一般,并伴随着一声惊恐的嗥叫。

一分钟后,狐狸雷迪急急忙忙地从谷仓后面过来,却看到老郊狼在狼吞虎咽地吃着那顿晚餐,狐狸奶奶在一旁愤怒地跳来跳去。

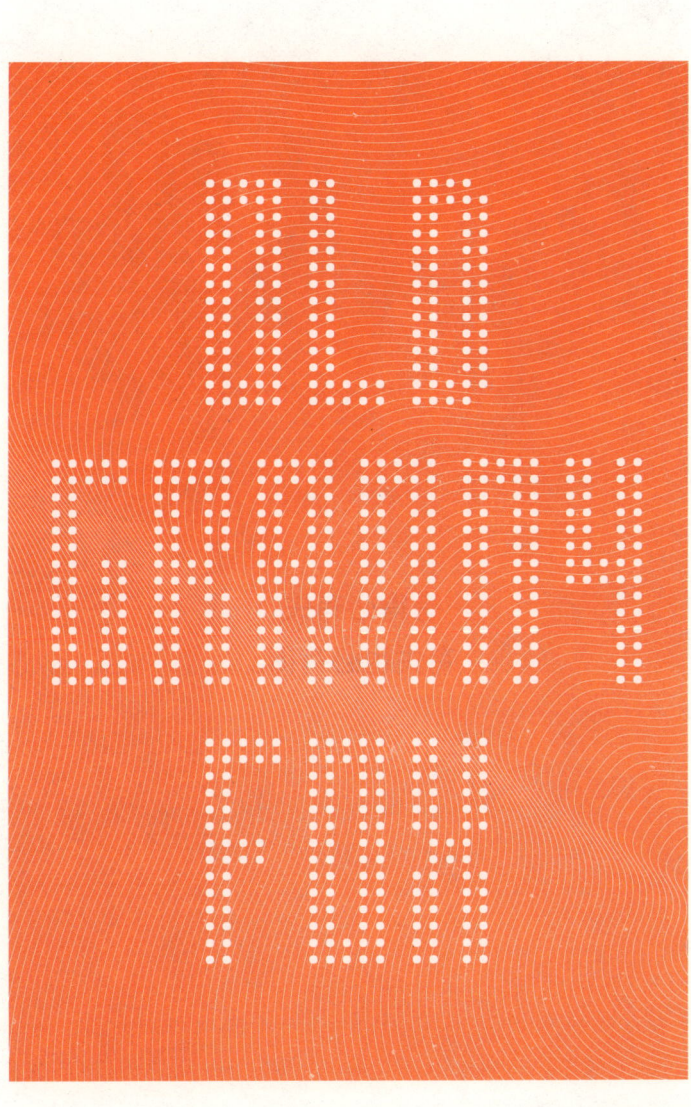

第二十一章
狐狸奶奶和狐狸雷迪的谈话

有得必有失,
　有失也必有得。

当狐狸雷迪和狐狸奶奶看着老郊狼贪婪地吃着那顿晚餐，那顿他们巧妙地从猎犬鲍泽那里偷来的晚餐时，快要气疯了。本来，丢了那顿晚餐就已经够糟糕的了，现在还要眼睁睁地看着别人吃掉它，这无疑是雪上加霜。

狐狸奶奶咆哮道："强盗！"

听到这句话，老郊狼停了下来，咧开嘴笑了笑，接着，又贪婪地吃了起来。

狐狸雷迪也咆哮道："小偷！流氓！老贼！"

老郊狼再次咧开嘴笑了笑。

他吃完最后一点儿残渣，舔着嘴唇，转身面对着狐狸奶奶和狐狸雷迪。他高兴地说:"我非常感谢你们,这是这么长时间以来,我吃到的最好的一顿饭了。现在,我不得不说,你们的花招真漂亮。狐狸奶奶,你真是一位非常聪明的老太太。好了,人类似乎快来了,我们还是赶快离开这里吧,我们最好不要被人类看到。"说这些话时,他的眼睛里闪烁着戏谑的光芒。

老郊狼快速地离开了,大白天出现在人类的住处附近,他感觉非常不安。狐狸奶奶和狐狸雷迪也回家了,他们的心里充满了怨恨,恨老郊狼抢走了他们的晚餐。不过,刚回到家里,狐狸奶奶就停止了咆哮,不一会儿,居然咯咯地笑起来。

狐狸雷迪问:"奶奶,您笑什么呢?"

狐狸奶奶回答道:"笑老郊狼抢走我们晚餐的方法。"

狐狸雷迪厉声说:"我恨死他了!他就是一个彻头彻尾的强盗!"

狐狸奶奶反驳道:"啧,啧,狐狸雷迪,如果仔细想想的话,你就会发现这很公平。我们从猎犬鲍泽那里偷走了他的晚餐,老郊狼又从我们这里抢走了它。仔细想想,他并不比我们坏多少,是不是?"

狐狸雷迪勉强承认道:"我……我……唉,当你这样说的时候,我也认为他并没有那么坏。"

狐狸奶奶继续说:"而且,他很聪明,你不得不承认这一点,因为他用智慧胜过了像我们这样聪明的两只狐狸。"

狐狸雷迪缓缓地说:"是的……他非常聪明,但……"

狐狸奶奶打断了他的话,说:"没有但是,狐狸雷迪。你知道的,格林牧场和格林森林的法则就是每个动物都只为自己,所有的东西都属于那些靠自己的智慧或者力量得到它的动物。我们靠智慧从猎犬鲍泽那里拿来了晚餐,老郊狼又靠智慧从我们手里夺走了它，并且他靠自己的力量守住了它——这一切非常公平。正如那个谚语所说，不要为打翻的牛奶哭泣。我们必须足够聪明，不能让他再骗过我们了。我想，我们暂时不要再去拿猎犬鲍泽的晚餐了，如果捕不到食物，我们再想些其他的办法来填饱我们的肚子。我在想，我们是否该去捉一只农夫布朗家的母鸡了，母鸡的肉会给我这把老骨头注入新的能量。整个夏天，我都在警告你，要你远离那个鸡舍，但现在，是时候去捉一两只母鸡尝尝了。"

一听到要去捉母鸡，狐狸雷迪的耳朵都竖了起来。他说："是的，我也是这么认为的。我们什么时候去捉？"

狐狸奶奶回答说："明天早上吧，在我想出计划之前，不要打扰我。"

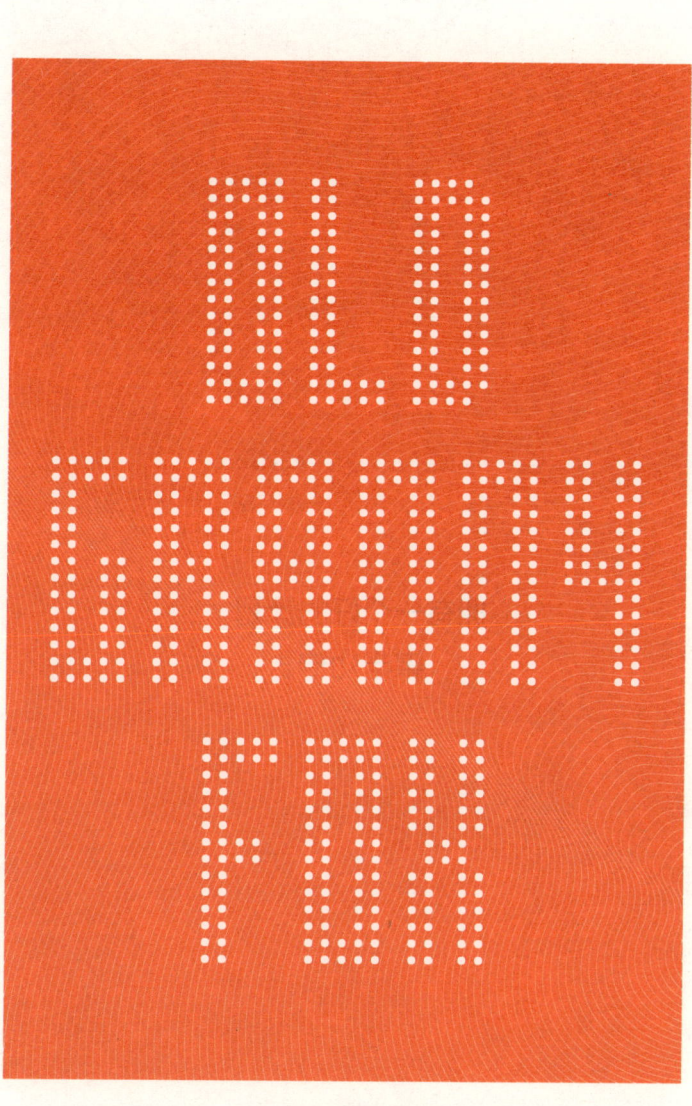

第二十二章
狐狸奶奶计划捉到
一只肥美的母鸡

拥有一个好的计划,
　　事半功倍。

狐狸奶奶

狐狸奶奶比其他人都明白,好的计划是成功的一半,因此,无论做什么,她都会事先在她那聪明的脑袋瓜里精心策划。当决定要和狐狸雷迪去农夫布朗家捉一只肥美的母鸡后,她就躺下来思考。她比任何人都清楚,直接去那个鸡舍想凭运气捉住一只母鸡是极其愚蠢的。当然,他们也许会碰到好运气,真的捉住一只母鸡,但更有可能遭遇霉运,给自己惹来一大堆麻烦。

她对狐狸雷迪说:"你瞧,我们不仅要计划好怎么捉住肥美的母鸡,还必须计划好怎么安全地逃离那里。要是我们有办法在晚上进入鸡舍就好了,晚上去鸡舍捉母鸡一点儿麻烦都没有。不过，我认为那几乎是不可能的。"

狐狸雷迪回答道："是的，一点儿机会都没有，那里几乎没有洞，连鼬鼠沙道都钻不过去，更何况我们了。而且，农夫布朗的儿子非常谨慎，他每天晚上都会锁门的。"

狐狸奶奶若有所思地说："鸡舍那里有一个洞，它是供母鸡们白天进出鸡舍的通道。洞倒是足够大，我相信我们可以从那里溜进去。"

狐狸雷迪说："那里当然是可以啦，不过，晚上的时候，它总是关着的。此外，无论我们是要到洞口还是要到鸡舍门口，都要先进到鸡场里，那里还有个我们打不开的大门呢。"

狐狸奶奶说："谁都有粗心大意的时候。狐狸雷迪，你是如此，农夫布朗的儿子也是如此。"

狐狸雷迪不安地扭动着身体，他常常因为粗心大意而给自己惹麻烦。他有点儿生气地问:"哦,那又怎样呢?"

"没什么。如果那个鸡场的大门刚好没关,农夫布朗的儿子刚好忘记关掉那个供母鸡们进出的小洞,并且那个时候我们刚好就在附近……"

狐狸雷迪插嘴道:"太多的假设捉不到母鸡吧。"

狐狸奶奶温和地说:"也许吧,但我注意到,生活中那些密切注意着各种机遇的人,往往更容易取得成功。我一直在密切关注着那个鸡场,我注意到在晚上,农夫布朗的儿子经常不关鸡场的大门。我想他可能认为,如果鸡舍的门锁好了,那么那个大门关不关都无关紧要吧。无论是谁,只要他对一件事情粗心了,那么就很有可能对另一件事情也大意。或许有一天,他会忘记关上那个洞的门。刚才,我对你说我们要明早去捉一只母鸡,但我越想越觉得,在我们冒险大白天去捉一只母鸡之前,我们最好先去那个鸡舍转几晚。事实上，我相当肯定，我可以让农夫布朗的儿子忘记关那个大门。"

狐狸雷迪急切地问："是什么办法呢？"

狐狸奶奶咧开嘴笑了笑："我先试试，回头再告诉你。我认为，农夫布朗的儿子会在快乐的、圆圆的、红彤彤的太阳公公将要回紫山后面睡觉的时候去关鸡舍的门，你说是不是？"

狐狸雷迪点点头。他曾经多次从一个安全的藏身处看到，农夫布朗的儿子把那些母鸡关起来，一般情况下，那个时候夜幕刚刚降临。

狐狸奶奶说："我认为是这样的。今天下午，你就待在这里等着我回来，我去看看怎么办。"

狐狸雷迪乞求道："让我跟着去吧。"

狐狸奶奶说不行，她的语气非常坚决，因此，狐狸雷迪知道再强求也没有用了。"有的时候，两个人可以完成一个人干不了的事情，而有的时候，一个人可以完成的事情,两个人干也许会搞砸。现在,我们睡一会儿,静静地等待太阳公公落山。你把一切都交给我就行了,让我先把其中的一个假设变成现实。至于其他的,我们不得不靠运气。不过,有时候,我们是非常幸运的。"

说完这些,狐狸奶奶便蜷缩起来睡着了。因为没有更好的事情做,狐狸雷迪也去睡觉了。

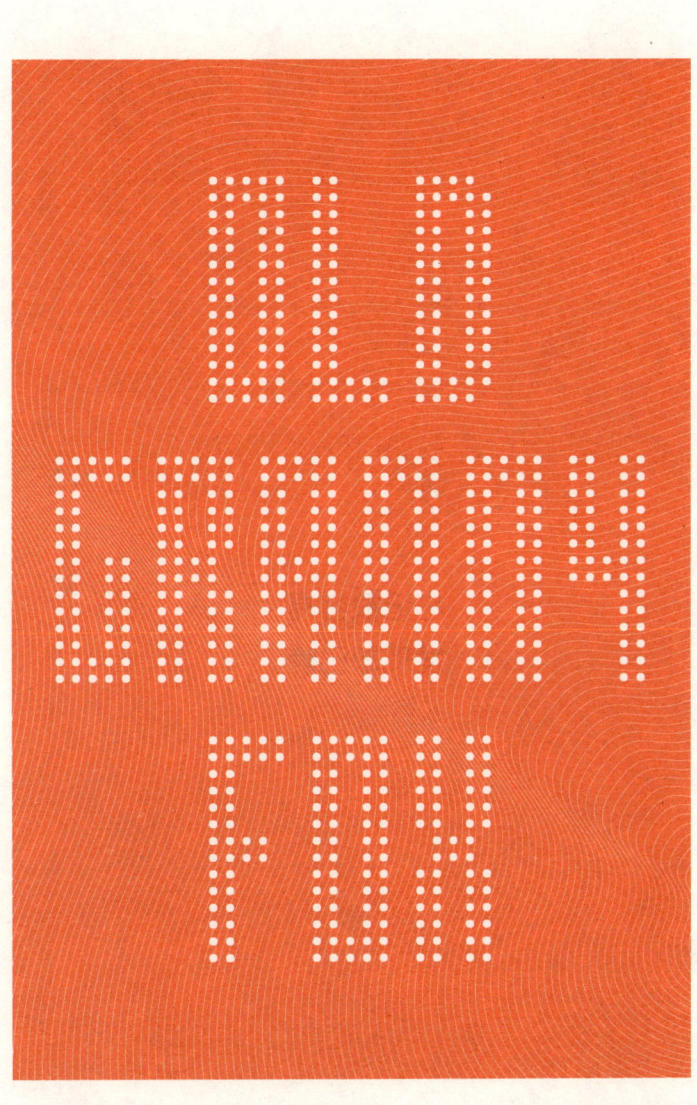

第二十三章
农夫布朗的儿子
忘记关大门

忘记很容易,
发现却已晚。

一般情况下，农夫布朗的儿子都能牢记自己的责任，不会忘记做应该做的事情。但他也不是一个十全十美的人，有时候会粗心大意，会忘记事。不过，随着年龄的增长，他已经变得越来越细心周到了。

照看母鸡是农夫布朗的儿子的职责之一，虽然这是他诸多职责中的一个，但大多数情况下，他一直觉得这是一项娱乐活动。他喜欢这些母鸡，也喜欢照看她们。每天早上，他做的第一件事就是给她们喂食，打开鸡舍的门，让她们在鸡场的庭院里尽情地跑来跑去。每天晚上，他都会在天黑前拾取鸡蛋，锁好鸡舍，避免母鸡们在她们的栖木上睡觉时受到伤害。这次暴风雪过后,他铲去了鸡场一处空地上的积雪,这样一来,母鸡可以随心所欲地在那里活动、晒太阳了。

白天,他通常会小心地查看鸡场的大门是否锁紧,因为没有人比他更了解厚颜无耻的狐狸奶奶和狐狸雷迪了。他知道,异常饥饿时他们会做些什么事情,而在冬天,他们大部分时间都很饥饿。当母鸡们白天活动的时候,他不会给他们溜进鸡场的机会,或者给母鸡们溜到外面的机会,因为在外面,她们更容易被捉住。

正如狐狸奶奶所见,有的时候,农夫布朗的儿子也会忘记关大门。估计他认为,一次不关门也没什么关系,因为母鸡们都被锁在她们温暖的房子里,无论如何,她们都很安全。

那天临近黄昏时,农夫布朗的儿子拾取完鸡蛋,母鸡们刚刚到栖木上准备睡觉。就在他要关上母鸡们白天进进出出的推拉门时,猎犬鲍泽开始狂吠不止,好像看到了什么令人兴奋的东西。

农夫布朗的儿子急忙推了一把那个小推拉门,拎起装鸡蛋的篮子,锁上鸡舍的门,匆匆忙忙地穿过大门走了出去。在这个过程中,他忘记停下来关大门了,因为他急于知道猎犬鲍泽为什么这么大惊小怪。

他看到猎犬鲍泽吠叫着,拖拽着自己的锁链,很明显,鲍泽急切地想获得自由。农夫布朗的儿子一边轻拍着鲍泽的脑袋,一边问:"怎么了,我的老伙计,你看到什么东西了吗?现在我不能放开你,因为如果我放开你的话,你可能会跑出去,一整晚都在外面捕猎,那样的话,你会非常累的,累得脚都发酸。不管是什么东西,我猜你已经把它吓得跑远了。我们先别管它了。"

猎犬鲍泽仍然拖拽着锁链,呜呜地叫着,过了一会,他安静了下来。他的主人到谷仓后面看了一下,想看看是谁让猎犬鲍泽这么兴奋,但什么也没看到。

回来之后,农夫布朗的儿子再一次轻轻地拍了拍猎犬鲍泽的脑袋,然后便走进屋里,全然忘记了那个依然开着的鸡场大门。

一个半小时后,狐狸奶奶回来了。她说:"一切顺利,狐狸雷迪,那个大门没有关。"

狐狸雷迪正在家门口,于是急切地问:"您是怎么做到的,奶奶?"

狐狸奶奶回答道:"非常简单,当猎犬鲍泽的主人正在锁鸡舍门的时候,我故意出现在猎犬鲍泽的视线里。当然,我只让猎犬鲍泽瞥到我一眼。看见我,猎犬鲍泽便开始吠叫,弄出了很大的动静,农夫布朗的儿子自然会急急忙忙地出来,看看究竟发生了什么事情。他太着急了,所以忘了关上大门。后来,他更是忘了关门这件事,或者说他觉得那无关紧要。"

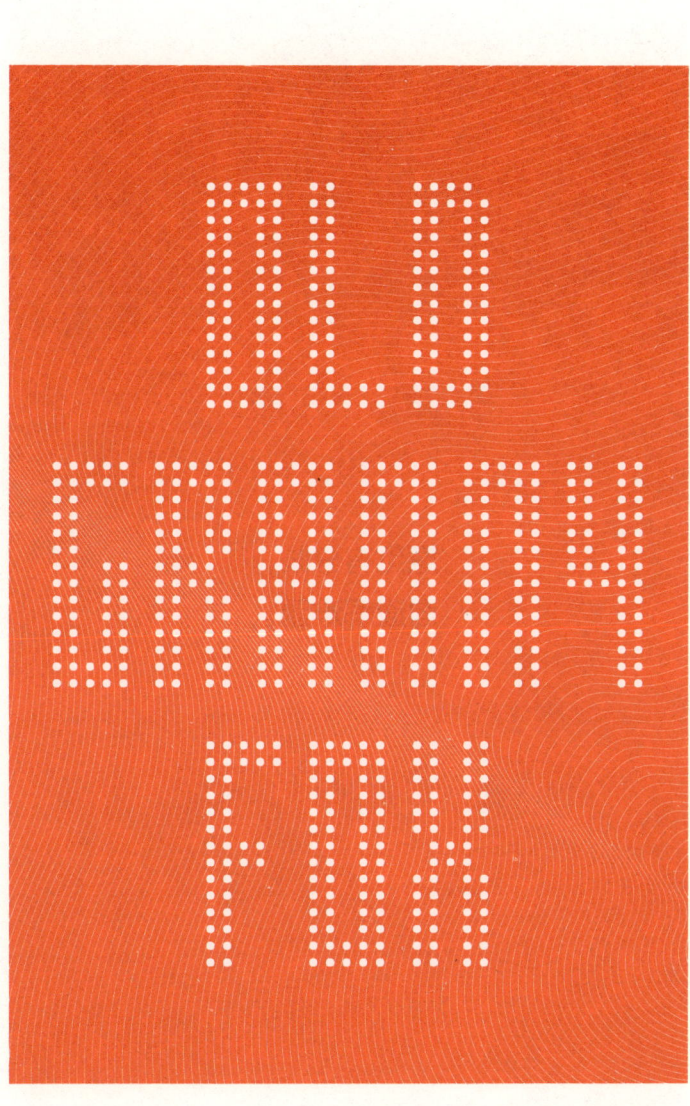

第二十四章
深夜拜访

意见有分歧,
沟通解难题。

对狐狸雷迪来说，在这个特别的夜晚，时间似乎过得特别慢。今天晚上，他准备和狐狸奶奶去农夫布朗家的鸡舍附近转转，看看能否找到进去的机会。为了安全起见，他们要一直等着，等到狐狸奶奶认为的安全时刻。

狐狸雷迪不停地告诫自己，不要抱太大希望。虽然狐狸奶奶找到了一个方法，让那个鸡场的大门开着，但是除非他们能找到进入鸡舍里面的办法，否则鸡场大门关不关对他们一点儿用都没有。能不能进到鸡舍里面呢？狐狸雷迪的心里并没有底。不过，他还是迫不及待地想出发，但狐狸奶奶却一点儿都不着急。当然了，这并不是说她不像狐狸雷迪那样急于得到一只肥美的母鸡，她太聪明、太狡猾了，不愿意冒任何风险。

她说："你急也没用，心急吃不了热豆腐。现在，让我们等着吧，稍后我们肯定会吃到肥美的母鸡的。现在去农夫布朗的家非常愚蠢，我们要等到那里所有的人类和动物都睡着之后再去。为了让你放轻松，我告诉你我们将会做些什么吧。首先，我们要先去一个能看到农夫布朗家的地方，在那儿观察、等待，直到他们家的灯都熄灭。"

不久，他们跑到了一个能看到农夫布朗家的地方，坐在那里观察。终于，所有的灯都熄灭了。狐狸雷迪大叫着一跃而起，"快走吧，奶奶！"

狐狸奶奶回答道："还没到时候呢，狐狸雷迪，我们得给那些人一些进入梦乡的时间。如果我们现在就进到那个鸡舍里的话，那些母鸡肯定会吵嚷起来。为了避免农夫布朗一家听到母鸡的动静，我们必须确保他们都睡着了。"

这听起来更像是一个忠告,狐狸雷迪也听懂了这一点。因此,他咕哝了一声,再次躺到雪地上等待着。终于,狐狸奶奶站了起来,伸了个懒腰,抬头看了看空中闪烁的星星。"走吧。"她走到了前面带路。

他们来到了谷仓后面,像两个影子一样悄无声息地偷偷绕过谷仓。听到猎犬鲍泽在他的小屋内发出的鼾声后,他们相视一笑。接着,他们静静地溜到了鸡场那里。正如狐狸奶奶告诉狐狸雷迪的那样,鸡场的大门开着。他们迅速小跑着穿过庭院,径直向那个小洞跑去。在白天,他们曾不止一次地看到那些母鸡从那个小洞里进出鸡舍。洞门是关着的,虽然这在狐狸雷迪的意料之中,但他还是失望极了。瞥了小洞一眼之后,狐狸雷迪抱怨道:"我就知道这没什么用。"

但狐狸奶奶没有理会他,她走到了那个洞前,轻轻地推着那扇关闭的小门。虽然它没有动,然而狐狸奶奶注意到，在门的一边有一个小缝隙。她想将自己的鼻子塞进去，但那个缝隙太窄了，然后，她尝试着用爪子。她将一只爪子塞向那个门边上的缝隙，门移动了一点点。狐狸奶奶知道，这个小门并没有锁。狐狸奶奶趴在地上继续忙活，先是用一只爪子，接着又加上了另一只。过了一会儿，她的两只爪子都伸进去了，门又移动了一点点，那个缝隙扩大了。这下子，她就更加确定这个门没有锁了。

狐狸雷迪生气地问："你还在这里浪费时间干什么？如果我们今天晚上还想吃东西的话，我们最好还是离开这里去其他地方捕猎吧。"

狐狸奶奶没有说话，她发现这是个推拉门。很快，那个缝隙就大到容许她的鼻子伸进去了。她来回地晃动着她的头，用头拱着那扇小门，小门缓缓地滑开了。

当狐狸雷迪再次转过身，准备对狐狸奶奶说什么时，发现奶奶不见了。狐狸雷迪傻傻地呆在那里，在他面前出现了一个黑色的洞,从里面飘出了极其诱人的香味,那是肥美的母鸡的味道!他揉了揉眼睛确认他是醒着的,于是一眨眼的工夫,他就钻进了那个洞里。

"嘘……安静点儿!"狐狸奶奶低声说。

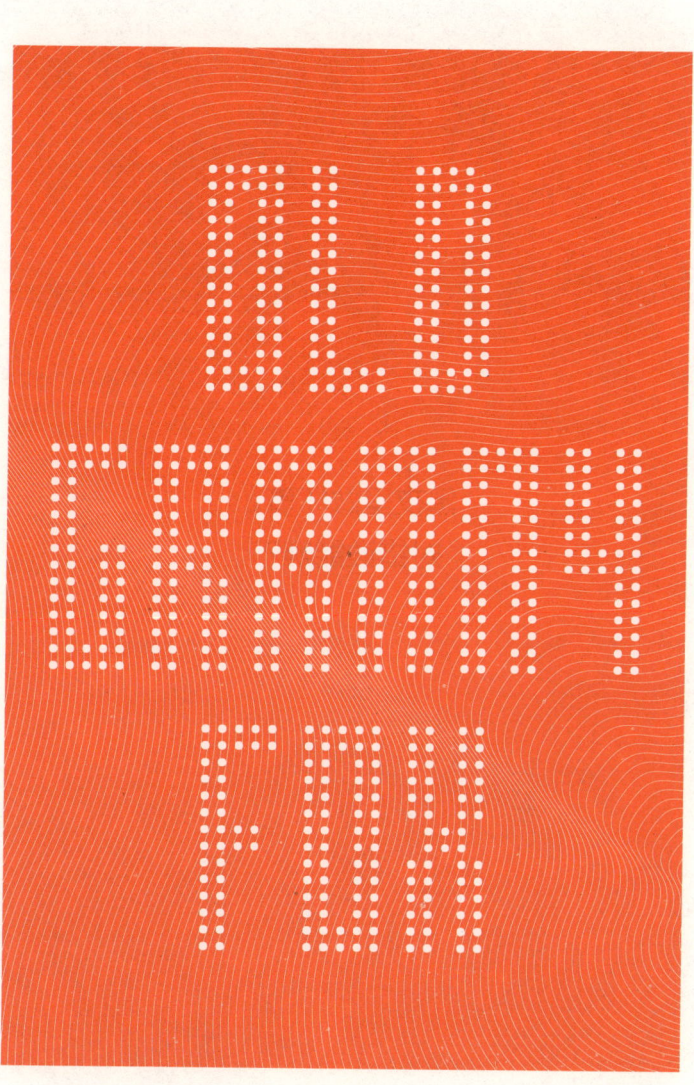

第二十五章
两个人的晚餐

黑夜里做坏事,
对错谁能辨?

如果站在农夫布朗的立场来看,狐狸奶奶和狐狸雷迪是无权在午夜或者其他任何时候进到他的鸡舍里的;然而如果站在狐狸奶奶和狐狸雷迪的立场,就无法确定这个认知是否正确了。对狐狸奶奶和狐狸雷迪而言,那些母鸡只是一些非常愚蠢的大鸟,如果她们被捉住就应该被吃掉。另外,虽然她们在农夫布朗的鸡舍里,但并不代表她们就属于农夫布朗,就像松鸡太太住在属于农夫布朗的格林森林里,但不能说松鸡太太属于农夫布朗吧。

格林牧场和格林森林里的小动物们没有财产或者权利这些概念。小动物们认为,如果你足够聪明,能找到别人的仓库,而你又确实需要食物的话,那么完全可以随便吃别人仓库里的东西。再说了,这些母鸡是活的,狐狸雷迪和狐狸奶奶也不觉得鸡舍是仓库的一种。另外,狐狸雷迪和狐狸奶奶都知道,虽然农夫布朗和他的儿子并不像狐狸雷迪和狐狸奶奶那样急需母鸡,但他们也吃鸡肉。所以,在他们看来,他们在鸡舍里干的事情并没有错。他们到那里去,仅仅是因为他们非常需要食物,而食物就在那里。

进入鸡舍之后,他们紧紧地盯着母鸡们的栖木,她们在上面挤成了一团,睡得正熟。母鸡睡觉的地方太高了,对地板上的狐狸雷迪和狐狸奶奶来说,即使他们用后腿站起来,尽力地伸展着身体,依然够不着那些母鸡。

狐狸雷迪贪婪地舔着嘴唇说道:"我们要不要把她们吵醒,吓一吓她们,好让这些笨蛋中的几个笨蛋飞到我们能捉住的地方。"

狐狸奶奶低声严厉地说:"那样一点儿用都没

有！她们会弄出很大的动静，吵醒猎犬鲍泽，而猎犬鲍泽又会吵醒他的主人。如果我们想再次进到这里来的话，就不能那样做。我希望你能多动动脑子，狐狸雷迪。"

狐狸雷迪有点儿羞愧，嘟囔着说："好吧，如果我们不那么做的话，怎么才能捉住她们呢？我们又不会飞。"

狐狸奶奶厉声说："你待在原地不要动，小心点儿农夫布朗的儿子，不要发出声音。"

狐狸奶奶轻轻地跳上了一个小木架，这个小木架上有一排巢箱。她从这个架子上爬到了最低的一根栖木上，那根栖木上睡着四只肥美的母鸡。她轻轻地将头挤到两只母鸡的中间，向两边推挤她们。母鸡们困倦地抗议着，往边上挪动了一点点，狐狸奶奶继续推挤她们，终于，一只母鸡伸出了脑袋，想看看是谁在这里挤来挤去的。狐狸奶奶快如闪电地咬住了那个脑袋，那只母鸡永远不会知道究竟是谁吵醒她了，也没有机会叫醒其他母鸡了。

狐狸奶奶将这只母鸡扔到了狐狸雷迪的脚边。她继续故技重施，又捉住了另一只并扔了下来。狐狸奶奶轻轻地跳了下来，咬住一只母鸡的脖子，将其搭在自己的肩膀上，还让狐狸雷迪效仿她带上另一只，然后，他们便动身回家了。

狐狸雷迪嘟囔着："难道我们不趁机多捉几只吗？"

狐狸奶奶反驳道："适可而止吧，我们已经捉到一顿足够两人吃的晚餐了。到现在为止，还没有人比我们更聪明呢。另外，也许丢失的这两只母鸡不会被发现，那样的话，改天晚上，我们还有机会再抓。"

这个普通的道理，狐狸雷迪明白，所以没有再说一句话，他跟在狐狸奶奶的后面从洞口钻了出去。这顿美餐是他们这么长时间以来，吃的最棒的一顿了。

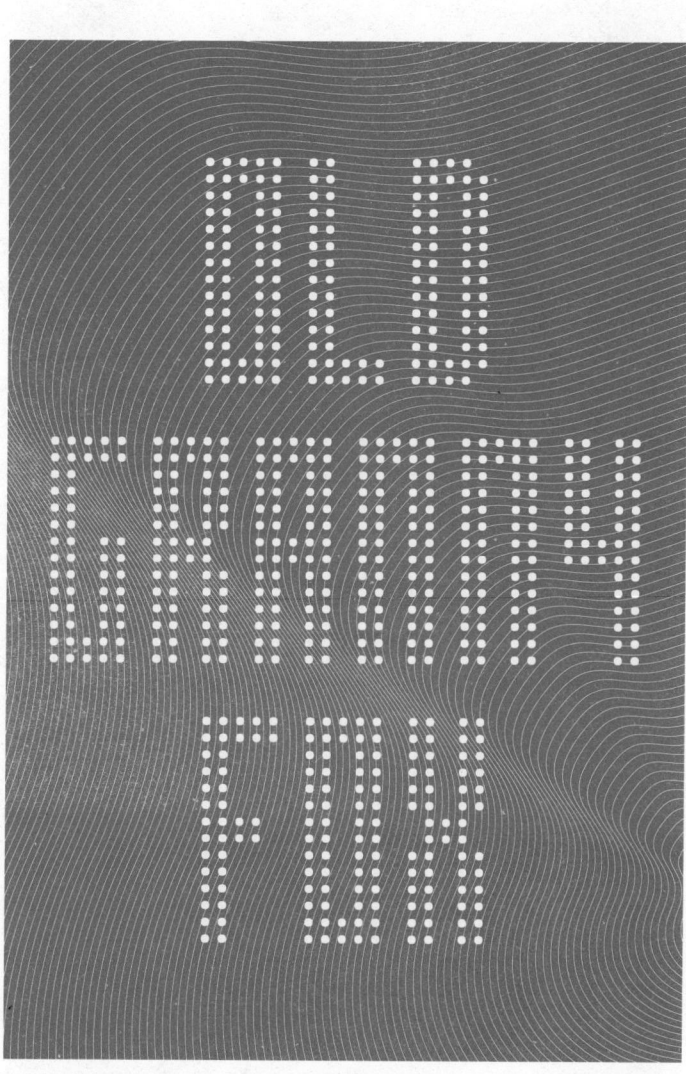

第二十六章
农夫布朗的儿子
设了一个陷阱

粗心大意,
麻烦找来。

狐狸奶奶希望没有人发现农夫布朗的鸡舍里丢失了两只母鸡，然而就在第二天早晨，农夫布朗的儿子就知道了。

当农夫布朗的儿子去给这些母鸡喂食的时候，发现那个理应关着的小推拉门开着，接着，他又想起来昨天晚上鸡场大门没有关。他小心翼翼地检查了母鸡们进出的洞，过了一会儿，他用手举起了两根红色的毛，那是他在门边上发现的。

他说："哈！果然不出我所料，狐狸奶奶和狐狸雷迪来过这里了。昨晚我太粗心了，既没有把这个门关紧，又忘记关大门了。我想那两只母鸡恐怕是凶多吉少了。唉，都怪我粗心大意，我真是活该失去两只母鸡。当然了，如果那两只母鸡真的进了狐狸雷迪和狐狸奶奶的肚子的话，那么也不算一件特别糟糕的事情，毕竟在寒冷的冬日，那两个可怜的家伙一定过得分外艰难吧。不过，我不会再让他们偷我的母鸡了，绝对不可能。如果我每天晚上都把这些母鸡关起来，又没有粗心大意的话，他们是不可能捉住她们的。虽然我不愿意给狐狸雷迪和狐狸奶奶设圈套，但我必须好好地教训一下他们这两个无赖。如果我不这么做的话，他们一定会更加胆大包天。这样一来，即使在白天，我的这些母鸡也不安全。"

此时此刻，狐狸奶奶和狐狸雷迪正在讨论未来的计划。精明的狐狸奶奶对狐狸雷迪说："接下来的一段时间里，我们非常有必要远离那个鸡舍。我们已经吃到一顿丰盛的大餐了，如果我们足够聪明的话，以后还能从鸡舍那里得到更多的美味。但如果我们太贪婪的话，就会得不偿失。"

狐狸雷迪抱怨道："可是我认为，农夫布朗的儿子不会发现他们丢了两只母鸡的，我找不到不去那里的任何理由。如果他今晚依然愚蠢到没有关大门和那扇小门的话，我们就可以再去捉两只母鸡了。"

狐狸奶奶厉声说："也许他现在还没有发现母鸡丢了两只，但如果我们再去捉母鸡的话，他肯定会发现的，并猜到究竟发生了什么事情，这会给我们带来很多麻烦。现在，我们不会被饿死的，因此最好远离那个鸡舍。当我们实在没有办法在其他的地方找到东西吃的时候，再考虑去鸡舍的事情吧。记住我对你说的话，狐狸雷迪，千万不要去鸡舍附近。"

狐狸雷迪答应了。只要狐狸雷迪和狐狸奶奶不去鸡舍，农夫布朗的儿子设的那个陷阱就没用。可是，狐狸雷迪能忍住母鸡对他的诱惑吗？

农夫布朗的儿子在那个洞口设了一个陷阱，当狐狸雷迪或者任何一个想偷母鸡的动物从那个洞口爬进爬出时,都会踩到的。不过,农夫布朗的儿子把陷阱的夹口用布条小心地缠了起来,如果狐狸雷迪碰巧被抓住的话,他不想让狐狸雷迪的腿被夹子残忍地夹断。农夫布朗的儿子并不想杀了狐狸雷迪,只是想困住狐狸雷迪一会儿,警告狐狸雷迪不要再来捣蛋。最后,农夫布朗的儿子还故意让那个小推拉门半开半关着,看起来好像忘了关一样。另外,和昨天一样,他依然没有关鸡场的大门。

他自言自语道:"等着瞧吧,狐狸雷迪,我想,黎明之前,你这个小无赖肯定会被困住的。"

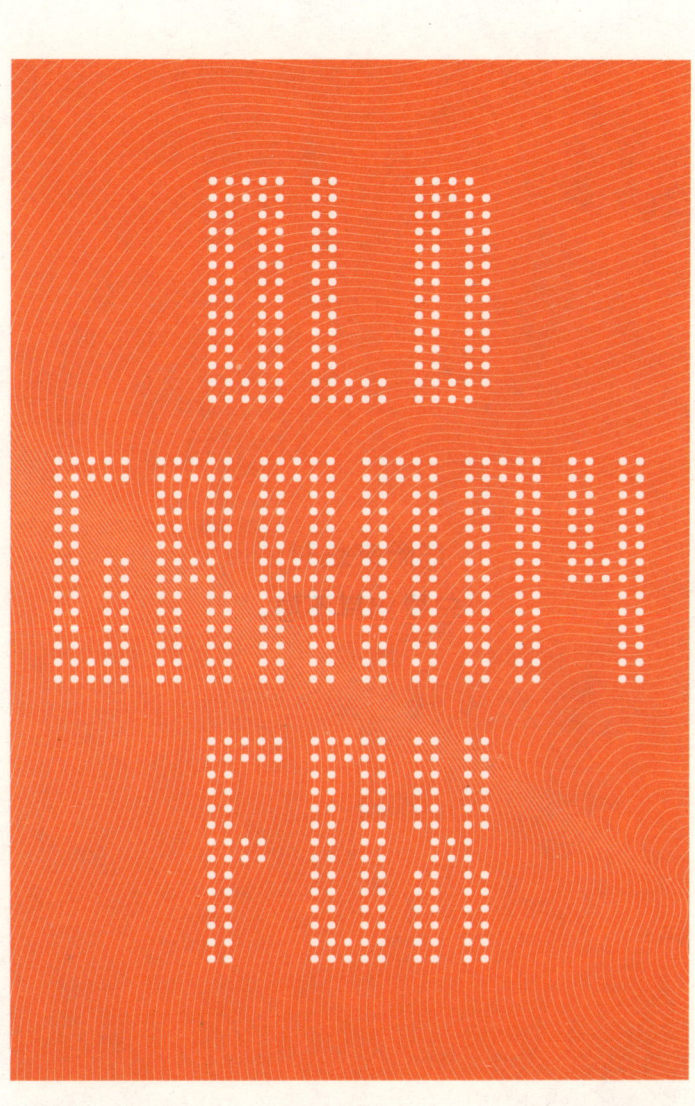

第二十七章
豪猪普利克里晒太阳

危险来临时,
总是出其不意。

漫长而寒冷的冬季过去了,春天来了。

豪猪普利克里从一棵高大的白杨树上爬了下来,缓缓地伸了个懒腰,他不想再继续吃东西了。他的肚子已经饱饱的也厌倦了在树梢上摇来晃去。他说:"我要去晒太阳。"于是,他懒散地向格林森林边走去,准备去那里寻找一个温暖向阳的地方。

豪猪普利克里非常胖,而且生性懒惰。来到了格林森林边上一座老房子的门前,他便准备坐在那里休息一会儿。那里阳光充足又温暖舒适,在那里待得时间越长,他就越不想动弹。

豪猪普利克里用他那双呆滞的眼睛环顾了四周之

后，咕哝道:"这是一所废弃的房子，没人住在这里，因此，没有人会在意我在门口打个盹儿的。"接着，他又说:"再说了，我才不在乎他们在不在意呢。"豪猪普利克里生性天不怕、地不怕。

豪猪普利克里舒舒服服地躺了下来，打了两个哈欠，对着快乐的、圆圆的、红彤彤的太阳公公眨了眨眼。太阳公公微笑地看着他。很快，他就在这所老房子的门口睡着了。

本来，这所老房子已经被废弃了，好久都没有住过人了。不过，就在前一天晚上，狐狸奶奶和狐狸雷迪舒适的家被农夫布朗的儿子发现了，所以他们刚从格林牧场搬到这里。狐狸雷迪全身酸疼，他被一个猎人打中了，疼得几乎不能走远路，所以狐狸奶奶带着他来到了这所废弃的房子，让他在里面好好休息。狐狸奶奶说:"没人会来这里找我们的，大家都知道没人住在这里。"

白天,狐狸奶奶溜出去查看农夫布朗的儿子的行踪,农夫布朗的儿子果然在那里,还带着一把铁锹,正在挖狐狸奶奶的家。自始至终,狐狸奶奶都在栅栏的拐角后面偷偷地观察着他。她觉得自己昨天晚上就搬出去真是太明智了,每每想到这儿,她都忍不住笑了起来。

狐狸雷迪不知道这一切,他太疲倦了,一直睡,直到上午才醒来。醒来之后,他打了个哈欠,伸了伸懒腰。当他伸懒腰的时候又呻吟了两声,因为他全身又酸又疼。他一瘸一拐地向门口走去,想看看狐狸奶奶是否给他留了早餐。

来到门口,他发现天还是很黑。狐狸雷迪很困惑,莫非他在天亮之前就起来了,可是他认为自己睡了很长时间呀。难道是他睡了整整一天,现在又是晚上了?哎呀,这样一想,他便有点儿饥饿难耐了!"我希望奶奶给我捉回一只美味的胖母鸡。"这样想着,狐狸雷迪的口水都快流下来了。

就在这时,他撞上了什么东西。"哎呦!"狐狸雷迪大叫一声,用两只手轻轻地拍着自己的鼻子,有东西扎到它了。这是隐藏在豪猪普利克里的皮毛上面的锋利小刺。现在,狐狸雷迪终于知道房子里为什么这么黑了,原来是豪猪普利克里堵住了门,挡住了光线。

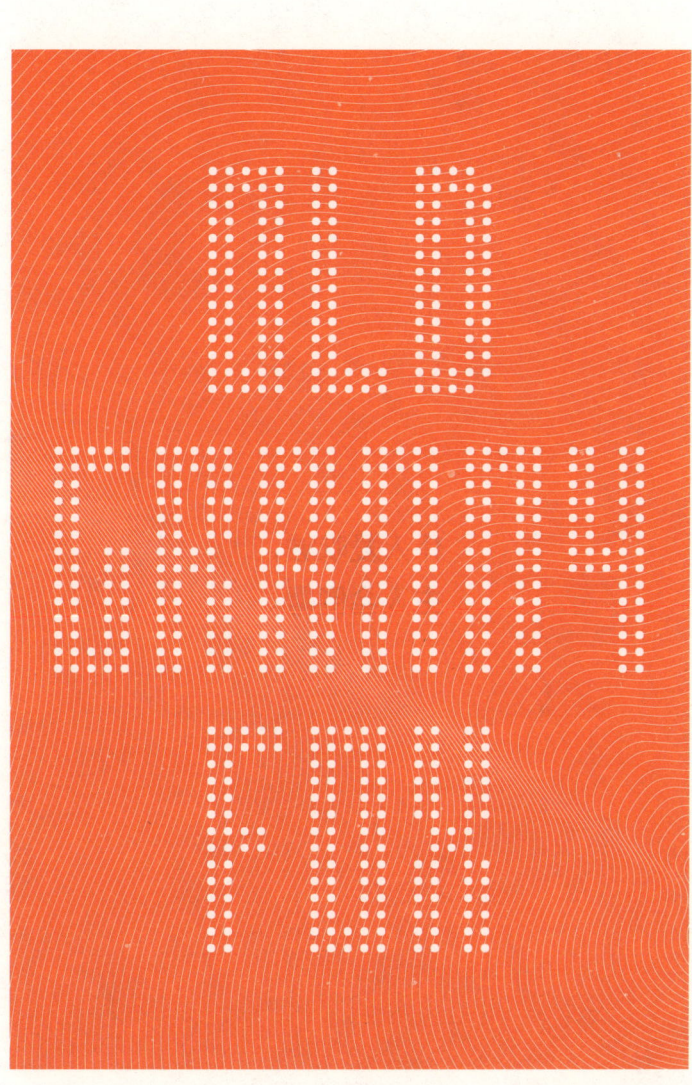

第二十八章
豪猪普利克里很开心

仆人爱吹嘘,
主人会倒霉。

豪猪普利克里很开心。当他躺在门口睡觉和晒太阳的时候,以为这所老房子仍然废弃着。他不知道,这所老房子是狐狸奶奶的出生地,而且狐狸雷迪正在里面休息。

普利克里很快睡着了,但不久就被狐狸雷迪吵醒了。豪猪普利克里挡在了老房子的门口,狐狸雷迪出不去。

豪猪普利克里不喜欢狐狸雷迪,非常不喜欢。狐狸雷迪越乞求他,越骂他,他就笑得越开心。他觉得自己挡住了狐狸雷迪这件事非常好玩,他想捉弄雷迪一下,并决定把狐狸雷迪困在里面,而且要困很长一段时间,让狐狸雷迪也享受一下难受的滋味。豪猪普利克里记得,狐狸雷迪曾多次对那些比他弱小的动物们使用过卑劣的手段。

豪猪普利克里自言自语道:"这对他有好处,肯定对他有好处。"然后,他便晃动身体,让隐藏在长毛里的上千根小刺发出沙沙的声音。他知道,这种声音会吓得狐狸雷迪发抖。

突然,豪猪普利克里竖起了又短又小的耳朵,他听到了猎犬鲍泽的低吼声。从声音来判断,鲍泽正在快速地靠近他们。豪猪普利克里再次咯咯地笑了起来:"我想猎犬鲍泽会大吃一惊的,肯定会的。"说话的同时,他竖起了全身上千根小刺,将自己变成了一个可笑的大毛栗子。

猎犬鲍泽确实大吃了一惊。他在搜寻狐狸雷迪,结果,居然差点儿撞上了豪猪普利克里。看见那上千根小刺,一股寒意从猎犬鲍泽的头上升起,顺着脊椎传到了他的尾巴尖。他依然记得，他的嘴里和嘴唇上曾经扎进过那么几根小刺，拔出它们时是何等痛苦不堪。从那以后，对豪猪普利克里，他总是敬而远之。

"汪！"猎犬鲍泽吠叫了一声，突然停了下来。"对不起，豪猪普利克里，对不起，我不知道您在这里睡觉。"猎犬鲍泽边说边往后退，突然转过身去，夹着尾巴逃跑了。

> 猎犬鲍泽高大又强壮，
>
> 他的声音低沉雄厚，
>
> 他的叫声能把一些人吓得要死，
>
> 但对我来说，他就是个废物，
>
> 我只是蜷起身体，晃动我的小刺，
>
> 他就吓得屁滚尿流。

说完，豪猪普利克里哈哈大笑起来。就在这时，他听到了轻轻的脚步声，扭过头去，发现狐狸奶奶来了。看到猎犬鲍泽跑着离开，狐狸奶奶急于知道狐狸雷迪是否安全。

"早上好。"说这话的时候,狐狸奶奶小心翼翼地,没有太靠近豪猪普利克里。

"早上好。"豪猪普利克里似笑非笑地回答道。

狐狸奶奶问:"我很累,想到我的房子里去,你能否挪动一下身体?"

豪猪普利克里大叫道:"啊!这是你的房子呀?我还以为你住在格林牧场呢。"

狐狸奶奶回答道:"之前我是住在那里,不过我搬家了,请让我进去吧。"

豪猪普利克里说:"行,行,狐狸老太太,别管我,直接从我身上跨过去吧。"说完,他咧开嘴笑了笑,同时晃动着他的小刺,沙沙作响。

狐狸奶奶没有跨过普利克里的身体,而是慢慢地向后退去。

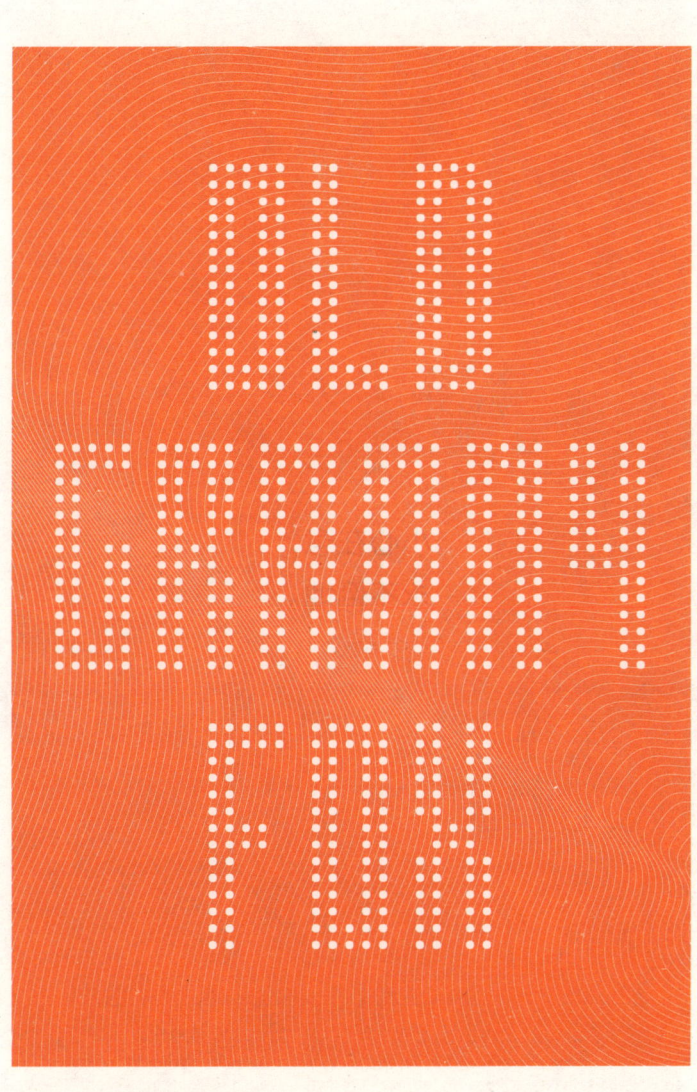

第二十九章
老牧场的新家

小心在意,
永不倒地。

当一个人被单独关在一片漆黑的房子里时,最容易胡思乱想。狐狸雷迪的脑海里出现了一个声音:"如果不是你自作聪明和爱出风头的话,这些麻烦就不会找上你和狐狸奶奶了。"

狐狸雷迪似乎忘了这只是他心里的一个想法,于是马上大声地回答:"我知道!"

结果,豪猪普利克里无意间听到了狐狸雷迪说的话。当时,他挡在那所老房子的门口,将狐狸雷迪堵在里面,将狐狸奶奶挡在外面。他问:"你知道什么?"

狐狸雷迪恶声恶气地说:"不关你的事!"之后,狐狸雷迪便听到了豪猪普利克里咯咯的笑声。狐狸雷迪又睡着了，当他再次醒来时，发现豪猪普利克里已经离开了，狐狸奶奶给他带来了吃的东西。

那次偷鸡成功之后，狐狸雷迪最终还是没能忍住，又偷偷去了农夫布朗家的鸡舍，结果受了伤。等狐狸雷迪的身体刚好一点儿，狐狸奶奶就带着他搬到了老牧场。

老牧场与格林牧场或格林森林大不相同，这里到处都是大石头。大石头周围生长着灌木、小树，丑陋的荆棘、野蔷薇、黑莓和覆盆子藤到处可见。藤条上长满了带钩的小刺，它们会伸出来撕扯动物的皮毛。这里有一小块露天的地方，野蛮的小牛在低矮的草丛里吃草。灌木丛里有很多纵横交错的小径，当你试图沿着其中一条小径行走的时候，永远无法知道自己会从哪里走出去。

狐狸雷迪知道老牧场不比格林牧场或者格林森林，也知道他们不得不搬来这里都是因为他。然而他依然不喜欢这种改变,一点儿都不喜欢。是的,狐狸雷迪一点儿都不喜欢老牧场。老牧场没有格林牧场那种又长又柔软的青草,那种躺上去很舒服的青草;这里非常荒凉,几乎没有小动物,也就是说,这里没有让他欺负和捉弄的对象。因为这些原因,他非常想念格林牧场和格林森林,也非常想念那里的小动物。另外,这里离农夫布朗家的鸡舍非常远,狐狸奶奶绝不会给他带来肥美的母鸡,至少,狐狸奶奶就是这么告诉他的。

事实是,聪明的狐狸奶奶知道,在接下来很长一段时间里,他们最好远离农夫布朗的家。她还知道,狐狸雷迪不能到那里去,因为现在他的伤还没有好,走路仍然一瘸一拐,而且一走动,身上就很疼。她希望等狐狸雷迪的身体完全康复后,他能长点儿记性,不再为了炫耀自己而做出在大白天偷鸡这样的蠢事。

狐狸奶奶和狐狸雷迪在格林牧场的家位于一座小

山丘上，那是一座低矮的小山。在那里，坐在家门口就可以俯视整个格林牧场。那里非常美，他们在高大茂盛的青草丛里开辟了一些可爱的小路，毛茛和雏菊就长在他们的家门口。

但在老牧场，狐狸奶奶选了一丛她能找到的最茂密的灌木和小树，在灌木丛中间有一大堆石头，狐狸奶奶在这些石头中间选了一个入口，在石头堆的正下方挖了一个洞作为他们的新家。即使在正午，快乐的、圆圆的、红彤彤的太阳公公也很难照射到那里，更别说其他的大部分时间了。因此，那里非常的阴暗和潮湿，难怪狐狸雷迪一点儿都不喜欢他的新家。

不过，当他这么说的时候，狐狸奶奶打了他几个耳光。她说："我们被迫住在这里，还不都是你惹的祸。现在，这里是唯一安全的地方，农夫布朗的儿子绝对找不到这里。而且，就算他能找到，也绝对没办法像毁掉我们在格林牧场的那所旧房子那样毁掉我们的新家。我们别无选择，只能住在这里了，这都是因为一只愚蠢的小狐狸自作聪明啊。"

狐狸雷迪低下了头，低声说："我才不在乎呢！"其实，他非常地在乎这些。

即使狐狸奶奶和狐狸雷迪再不喜欢他们的新家，在这里他们终归很安全。